莎士比亚全集·中文本（典藏版）
William Shakespeare: Complete Works

［英］威廉·莎士比亚（William Shakespeare）著
辜正坤 主编／辜正坤 译

哈 姆 莱 特

The Tragedy of Hamlet,
Prince of Denmark

外语教学与研究出版社
北京

京权图字：01-2016-5012

图书在版编目 (CIP) 数据

哈姆莱特 ／（英）威廉·莎士比亚（William Shakespeare）著 ；辜正坤译.
北京：外语教学与研究出版社，2024. 6. --（莎士比亚全集 ／ 辜正坤主编）.
ISBN 978-7-5213-5329-7

I. I561.33

中国国家版本馆 CIP 数据核字第 202416J9A4 号

哈姆莱特

HAMULAITE

出 版 人　王　芳
项目负责　邢印姝　郭芮萱
责任编辑　徐　宁
责任校对　郭芮萱
封面设计　张　潇
出版发行　外语教学与研究出版社
社　　址　北京市西三环北路 19 号（100089）
网　　址　https://www.fltrp.com
印　　刷　三河市紫恒印装有限公司
开　　本　710×1000　1/16
印　　张　13.5
字　　数　216 千字
版　　次　2024 年 6 月第 1 版
印　　次　2024 年 6 月第 1 次印刷
书　　号　ISBN 978-7-5213-5329-7
定　　价　78.00 元

如有图书采购需求，图书内容或印刷装订等问题，侵权、盗版书籍等线索，请拨打以下电话或关注官方服务号：
客服电话：400 898 7008
官方服务号：微信搜索并关注公众号"外研社官方服务号"
外研社购书网址：https://fltrp.tmall.com

物料号：353290001

记载人类文明
沟通世界文化
www.fltrp.com

出版说明

　　1623 年，莎士比亚的演员同僚们倾注心血结集出版了历史上第一部《莎士比亚全集》——著名的第一对开本，这是三百多年来许多导演和演员最为钟爱的莎士比亚文本。2007 年，由英国皇家莎士比亚剧团（Royal Shakespeare Company）推出的《莎士比亚全集》，则是对第一对开本首次全面的修订。

　　本套《莎士比亚全集》新汉译本，正是依据当今莎学界最负声望的皇家版《莎士比亚全集》翻译而成。译本的凡例说明如下：

　　一、**文体：** 剧文有诗体和散体之分。未及最右行末即转行的为诗体。文字连排、直至最右行末转行的，则为散体。

　　二、**舞台提示：**

　　1）角色的上场与下场及其他舞台提示以仿宋体排出，穿插于剧文中的舞台提示以圆括号进行标注，如：（对亨利王子）。

　　2）舞台提示中的特殊符号。译本所依据的皇家版《莎士比亚全集》的编辑者对舞台提示中的不确定情形以特殊符号予以标注，译本亦保留了这些符号：如（旁白？）表示某行剧文既可作为旁白，亦可当作对话；又如某个舞台活动置于箭头 ↓↓ 之间，表示它可发生在一场戏中的多个不同时刻。

　　三、**脚注：** 脚注中除标注有"译者附注"字样的，均译自或改编自皇家版《莎士比亚全集》注释。脚注多为对剧文中背景知识及专名的解释，以使读者更好地理解剧情；亦包含部分与英文原文相关的脚注，以使读者在品味译者的佳文时，亦体验到英文原文的精妙。

四、文本：译本以第一对开本为蓝本，部分剧目中四开本与之明显相异的段落亦有译出，附于正文之后，供读者参考。

此《莎士比亚全集》新汉译本历经策划、翻译、编辑加工和印装等工序，各个环节的参与者均竭尽全力，力求完美，但由于水平、精力所限，难免有所错漏，敬请广大读者赐教指正。

外语教学与研究出版社

综合出版事业部

莎士比亚诗体重译集序

辜正坤

他非一代骚人，实属万古千秋。

这是英国大作家本·琼森（Ben Jonson）在第一部《莎士比亚全集》（*Mr. William Shakespeares Comedies, Histories, & Tragedies*, 1623）扉页上题诗中的诗行。三百多年来，莎士比亚在全球逐步成为一个家喻户晓的名字，似乎与这句预言在在呼应。但这并非偶然言中，有许多因素可以解释莎士比亚这一巨大的文化现象产生的必然性。最关键的，至少有下面几点。

首先，其作品内容具有惊人的多样性。世界上很难有第二个作家像莎士比亚这样能够驾驭如此广阔的题材。他的作品内容几乎无所不包，称得上英国社会的百科全书。帝王将相、走卒凡夫、才子佳人、恶棍屠夫……一切社会阶层都展现于他的笔底。从海上到陆地，从宫廷到民间，从国际到国内，从灵界到凡尘……笔锋所指，无处不至。悲剧、喜剧、历史剧、传奇剧，叙事诗、抒情诗……都成为他显示天才的文学样式。从哲理的韵味到浪漫的爱情，从盘根错节的叙述到一唱三叹的诗思，波涛汹涌的情怀，妙夺天工的笔触，凡开卷展读者，无不为之拊掌称绝。即使只从莎士比亚使用过的海量英语词汇来看，也令人产生仰之弥高的感觉。德国语言学家马克斯·缪勒（Max Müller）原以为莎士比亚使用过的词汇最多为 15,000 个，事后证明这当然是小看了语言大师的词汇储藏量。美国教授爱德华·霍尔登（Edward Holden）经过一番考察后，认为至少达 24,000 个。可是他哪里知道，这依然是一种低估。有学者甚至声称用电脑检索出莎士比亚用的词汇多达 43,566 个！当然，这些数据还不是莎士比亚作品之所以产生空前影响的关键因素。

其次，但也许是更重要的原因：他的作品具有极高的娱乐性。文学作品的生命力在于它能寓教于乐。莎士比亚的作品不是枯燥的说教，而是能够给予读者或观众极大艺术享受的娱乐性创造物，往往具有明显的煽情效果，有意刺激人的欲望。这种艺术取向当然不是纯粹为了娱乐而娱乐，掩藏在背后的是当时西方人强有力的人本主义精神，即用以人为本的价值观来对抗欧洲上千年来以神为本的宗教价值观。重欲望、重娱乐的人本主义倾向明显对重神灵、重禁欲的神本主义产生了极大的挑战。当然，莎士比亚的人本主义与中国古人所主张的人本主义有很大的区别。要而言之，前者在相当大的程度上肯定了人的本能欲望或原始欲望的正当性，而后者则主要强调以人的仁爱为本规范人类社会秩序的高尚的道德要求。二者都具有娱乐效果，但前者具有纵欲性或开放性娱乐效果，后者则具有节欲性或适度自律性娱乐效果。换句话说，对于 16、17 世纪的西方人来说，莎士比亚的作品暗中契合了试图挣脱过分禁欲的宗教教义的约束而走向个性解放的千百万西方人的娱乐追求，因此，它会取得巨大成功是势所必然的。

第三，时势造英雄。人类其实从来不缺善于煽情的作手或视野宏阔的巨匠，缺的常常是时势和机遇。莎士比亚的时代恰恰是英国文艺复兴思潮达到鼎盛的时代。禁欲千年之久的欧洲社会如堤坝围裹的宏湖，表面上浪静风平，其底层却汹涌着决堤的纵欲性暗流。一旦湖堤洞开，飞涛大浪呼卷而下，浩浩汤汤，汇作长河，而莎士比亚恰好是河面上乘势而起的弄潮儿，其迎合西方人情趣的精湛表演，遂赢得两岸雷鸣般的喝彩声。时势不光涵盖社会发展的总趋势，也牵连着别的因素。比如说，文学或文化理论界、政治意识形态对莎士比亚作品理解、阐释的多样性与莎士比亚作品本身内容的多样性产生相辅相成的效果。"说不尽的莎士比亚"成了西方学术界的口头禅。西方的每一种意识形态理论，尤其是文学理论，要想获得有效性，都势必会将阐释莎士比亚的作品作为试金石。17 世纪初的人文主义，18 世纪的启蒙主义，19 世纪的浪漫主义，20世纪的现实主义或批判现实主义，都不同程度地、选择性地把莎士比亚作品作为阐释其理论特点的例证。也许 17 世纪的古典主义曾经阻遏过西方人对莎士比亚作品的过度热情，但是 19 世纪的浪漫主义流派却把莎士比亚作品推崇到无以复加的崇高地位，莎士比亚俨然成了西方文学的神灵。20 世纪以来，西方资本主义阵营和社会主义阵营可以说在意识形态的各个方面都互相对立，势同水火，可是在对待莎士比亚的问题上，居然有着惊人的共识与默契。不用说，社会主义阵营的立场与社会主义理论的创始人马克思（Karl Marx）、恩格斯（Friedrich Engels）个人的审美情趣息息相关。马克思一家都是莎士比亚的粉丝；马克思称莎士比亚为"人类最伟大的天才之一，人类文学奥林波斯山上的宙斯"！他号召作家们要更加莎士比亚化。恩格斯甚至指出："单是《快乐的温莎巧妇》[1]的第一幕就比全部德国文学包含着更多的生活气息。"不用说，这些话多多少少有某种程度的文学性夸张，但对莎士比亚的崇高地位来说，却无疑产生了极大的推动作用。

　　第四，1623 年版《莎士比亚全集》奠定莎士比亚崇拜传统。这个版本即眼前译本所依据的皇家版《莎士比亚全集》（*The RSC William Shakespeare: Complete Works*, 2007）的主要内容。该版本产生于莎士比亚去世的第七年。莎士比亚的舞台同仁赫明奇（John Heminge）和康德尔（Henry Condell）整理出版了第一部莎士比亚戏剧集。当时的大学者、大

1　英文剧名为 The Merry Wives of Windsor，朱生豪先生译作《温莎的风流娘儿们》；重译本综合考虑剧情和英文书名，译作《快乐的温莎巧妇》。

作家本·琼森为之题诗，诗中写道："他非一代骚人，实属万古千秋。"这个调子奠定了莎士比亚偶像崇拜的传统。而这个传统一旦形成，后人就难以反抗。英国文学中的莎士比亚偶像崇拜传统已经形成了一种自我完善、自我调整、自我更新的机制。至少近两百年来，莎士比亚的文学成就已被宣传成世界文学的顶峰。

第五，现在署名"莎士比亚"的作品很可能不只是莎士比亚一个人的成果，而是凝聚了当时英国若干戏剧创作精英的团体努力。众多大作家的智慧浓缩在以"莎士比亚"为代号的作品集中，其成就的伟大性自然就获得了解释。当然，这最后一点只是莎士比亚研究界若干学者的研究性推测，远非定论。有的莎士比亚著作爱好者害怕一旦证明莎士比亚不是署名为"莎士比亚"的著作的作者，莎士比亚的著作便失去了价值，这完全是杞人忧天。道理很简单，人们即使证明了《红楼梦》的作者不是曹雪芹，或《三国演义》的作者不是罗贯中，也丝毫不影响这些作品的伟大价值。同理，人们即使证明了《莎士比亚全集》不是莎士比亚一个人创作的，也丝毫不会影响《莎士比亚全集》是世界文学中的伟大作品这个事实，反倒会更有力地证明这个事实，因为集体的智慧远胜于个人。

皇家版《莎士比亚全集》译本翻译总思路

横亘于前的这套新译本，是依据当今莎学界最负声望的皇家版《莎士比亚全集》进行翻译的，而皇家版又正是以本·琼森题过诗的 1623 年版《莎士比亚全集》为主要依据。

这套译本是在考察了中国现有的各种译本后，根据新的历史条件和新的翻译目的打造出来的。其总的翻译思路是本套译本主编会同外语教学与研究出版社的相关领导和责任编辑讨论的结果。总起来说，皇家版《莎士比亚全集》译本在翻译思路上主要遵循了以下几条：

1. 版本依据。如上所述，本版汉译本译文以英国皇家版《莎士比亚全集》为基本依据。但在翻译过程中，译者亦酌情参阅了其他版本，以增进对原作的理解。

2. 翻译内容包括：内页所含全部文字。例如作品介绍与评论、正文、注释等。

3. 注释处理问题。对于注释的处理：1）翻译时，如果正文译文已经将英文版某注释的基本含义较准确地表达出来了，则该注释即可取消；2）如果正文译文只是部分地将英文版对应注释的基本含义表达出来，则该注释可以视情况部分或全部保留；3）如果注释本身存疑，可以在保留原注的情况下，加入译者的新注。但是所加内容务必有理有据。

4. 翻译风格问题。对于风格的处理：1）在整体风格上，译文应该尽量逼肖原作整体风格，包括以诗体译诗体，以散体译散体；2）在具体的文字传输处理上，通常应该注重汉译本身的文字魅力，增强汉译本的可读性。不宜太白话，不宜太文言；文白用语，宜尽量自然得体。句子不要太绕，注意汉语自身表达的句法结构，尤其是其逻辑表达方式。意义的异化性不等于文字形式本身的异化性，因此要注意用汉语的归化性来传输、保留原作含义的异化性。朱生豪先生的译本语言流畅、可读性强，但可惜不是诗体，有违原作形式。当下译本是要在承传朱先生译本优点的基础上，根据新时代的读者审美趣味，取得新的进展。梁实秋先生等的译本，在达意的准确性上，比朱译有所进步，也是我们应该吸纳的优点。但是梁译文采不足，则须注意避其短。方平先生等的译本，也把莎士比亚翻译往前推进了一步，在进行大规模诗体翻译方面作出了宝贵的尝试，但是离真正的诗体尚有距离。此外，前此的所有译本对于莎士比亚原作的色情类用语都有程度不同的忽略，本套皇家版译本则尽力在此方面还原莎士比亚的本真状态（论述见后文）。其他还有一些译本，亦都应该受到我们的关注，处理原则类推。每种译本都有自己独特的东西。我们希望美的译文是这套译本的突出特点。

5. 借鉴他种汉译本问题。凡是我们曾经参考过的较好的译本，都在适当的地方加以注明，承认前辈译者的功绩。借鉴利用是完全必要的，但是要正大光明，避免暗中抄袭。

6. 具体翻译策略问题特别关键，下文将其单列进行陈述。

莎士比亚作品翻译领域大转折：真正的诗体译本

莎士比亚首先是一个诗人。莎士比亚的作品基本上都以诗体写成。因此，要想尽可能还原本真的莎士比亚，就必须将莎士比亚作品翻译成为诗体而不是散文，这在莎学界已经成为共识。但是紧接而来的问题是：什么叫诗体？或需要什么样的诗体？

按照我们的想法：1）所谓诗体，首先是措辞上的诗味必须尽可能浓郁；2）节奏上的诗味（包括分行）等要予以高度重视；3）结合中国人的审美习惯，剧文可以押韵，也可以不押韵。但不押韵的剧文首先要满足前两个要求。

本全集翻译原计划由笔者一个人来完成。但是，莎士比亚的创作具有惊人的多样性，其作品来源也明显具有莎士比亚时代若干其他作家与作品的痕迹，因此，完全由某一个译者翻译成一种风格，也许难免偏颇，难以和莎士比亚风格的多样性相呼应。所以，集众人的力量来完成大业，应该更加合理，更加具有可操作性。

具体说来，新时代提出了什么要求？简而言之，就是用真正的诗体翻译莎士比亚的诗体剧文。这个任务，是朱生豪先生无法完成的。朱先生说过，他在翻译莎士比亚作品时，"当然预备全部用散文译出，否则将要了我的命"。[1] 显然，朱先生也考虑过用诗体来翻译莎士比亚著作的问题，但是他的结论是：第一，靠单独一个人用诗体翻译《莎士比亚全集》是办不到的，会因此累死；第二，他用散文翻译也是不得已的办法，因为只有这样他才有可能在有生之年完成《莎士比亚全集》的翻译工作。

将《莎士比亚全集》翻译成诗体比翻译成散文体要难得多。难到什么程度呢？和朱生豪先生的翻译进度比较一下就知道了。朱先生翻译得最快的时候，一天可以翻译一万字。[2] 为什么会这么快？朱先生才华过人，这当然是一个因素，但关键因素是：他是用散文翻译的。用真正的诗体就不一样了。以笔者自己的体验，今日照样用散文翻译莎士比亚剧本，最快时也可达到每日一万字。这是因为今日的译者有比以前更完备的注释本和众多的前辈汉译本作参考，至少在理解原著时，要比朱先生当年省力得多，所以翻译速度上最高达到一万字是不难的。但是翻译成诗体就是另外一回事了。这比自己写诗还要难得多。写诗是自己随意发挥，译诗则必须按照别人的意思发挥，等于是戴着镣铐跳舞。笔者自己写诗，诗兴浓时，一天数百行都可以写得出来，但是翻译诗，一天只能是几十行，统计成字数，往往还不到一千字，最多只是朱生豪先生散文翻译速度的十分之一。梁实秋先生翻译《莎士比亚全集》用的也是散文，但是也花了 37 年，如果要翻译成真正的诗体，那么至少得 370 年！由此可见，真正的诗体《莎士比亚全集》汉译本的诞生，有多么艰难。此次笔者约稿的各位译者，都是用诗体翻译，并且都表示花费了大量的时间，

---

1 见朱生豪大约在 1936 年夏致宋清如信："今天下午，我试译了两页莎士比亚，还算顺利，不过恐怕终于不过是 Poor Stuff 而已。当然预备全部用散文译出，否则将要了我的命。"（《伉俪：朱生豪宋清如诗文选》下卷，中国青年出版社，2013 年，第 94 页）

2 朱生豪："今天因为提起了精神，却很兴奋，晚上译了六千字，今天一共译一万字。"（同上，第 101 页）

皇家版《莎士比亚全集》译本凝聚了诸位译者的多少努力，也就不言而喻了。

翻译诗体分辨：不是分了行就是真正的诗

主张将莎士比亚剧作翻译成诗体成了共识，但是什么才是诗体，却缺乏共识。在白话诗盛行的时代，许多人只是简单地认定分了行的文字就是诗这个概念。分行只是一个初级的现代诗要求，甚至不必是必然要求，因为有些称为诗的文字甚至连分行形式都没有。不过，在莎士比亚作品的翻译上，要让译文具有诗体的特征，首先是必定要分行的，因为莎士比亚原作本身就有严格的分行形式。这个不用多说。但是译文按莎士比亚的方式分了行，只是达到了一个初级的低标准。莎士比亚的剧文读起来像不像诗，还大有讲究。

卞之琳先生对此是颇有体会的。他的译本是分行式诗体，但是他自己也并不认为他译出的莎士比亚剧本就是真正的诗体译本。他说：读者阅读他的译本时，"如果……不感到是诗体，不妨就当散文读，就用散文标准来衡量"。[1]这是一个诚实的译者说出的诚实话。不过，卞先生很谦虚，他有许多剧文其实读起来还是称得上诗体的。原因是什么？原因是他注意到了笔者上文提到的两点：第一，诗的措辞；第二，诗的节奏。只不过他迫于某些客观原因，并没有自始至终侧重这方面的追求而已。

显然，一些译本翻译了莎士比亚的剧文，在行数上靠近莎士比亚原作，措辞也还流畅。这些是不是就是理想的诗体莎士比亚译本呢？笔者认为，这还不够。什么是诗，对于中国人来说有几千年的历史，我们不

---

1 卞之琳：《莎士比亚悲剧四种》，方志出版社，2007 年，第 4 页。

能脱离这个悠久的传统来讨论这个问题。为此，我们不得不重新提到一些基本概念：什么是诗？什么是诗歌翻译？

诗歌是语言艺术，诗歌翻译也就必须是语言艺术

讨论诗歌翻译必须从讨论诗歌开始。

诗主情。诗言志。诚然。但诗歌首先应该是一种精妙的语言艺术。同理，诗歌的翻译也就不得不首先表现为同类精妙的语言艺术。若译者的语言平庸而无光彩，与原作的语言艺术程度差距太远，那就最多只是原诗含义的注释性文字，算不得真正的诗歌翻译。

那么，何谓诗歌的语言艺术？

无他，修辞造句、音韵格律一整套规矩而已。无规矩不成方圆，无限制难成大师。奥运会上所有的技能比赛，无不按照特定的规矩来显示参赛者高妙的技能。德国诗人歌德（Johann Wolfgang von Goethe）《自然和艺术》（"Natur und Kunst"）一诗最末两行亦彰扬此理：

非限制难见作手，

唯规矩予人自由。[1]

艺术家的"自由"，得心应手之谓也。诗歌既为语言艺术，自然就有一整套相应的语言艺术规则。诗人应用这套规则时，一旦达到得心应手的程度，那就是达到了真正成熟的境界。当然，规矩并非一点都不可打破，但只有能够将规矩使用到随心所欲而不逾矩的程度的人，才真正有资格去创立新规矩，丰富旧规矩。创新是在承传旧规则长处的基础上来进行的，而不是完全推翻旧规则，肆意妄为。事实证明，在语言艺术上

1　In der Beschränkung zeigt sich erst der Meister, / Und das Gesetz nur kann uns Freiheit geben. 参见 http://www.business-it.nl/files/7d413a5dca62fc735a072b16fbf050b1-27.php.

凡无视积淀千年的诗歌语言规则，随心所欲地巧立名目、乱行胡来者，
永不可能在诗歌语言艺术上取得大的成就，所以歌德认为：

> 若徒有放任习性，
> 则永难至境遨游。[1]

诗歌语言艺术如此需要规则，如此不可放任不羁，诗歌的翻译自然
也同样需要相类似的要求。这个要求就是笔者前面提出的主张：若原诗
是精妙的语言艺术，则理论上说来，译诗也应是同类精妙的语言艺术。

但是，"同类"绝非"同样"。因为，由于原作和译作使用的语言载
体不一样，其各自产生的语言艺术规则和效果也就各有各的特点，大多
不可同样复制、照搬。所以译作的最高目标，是尽可能在译入语的语言
艺术领域达到程度大致相近的语言艺术效果。这种大致相近的艺术效果
程度可叫作"最佳近似度"。它实际上也就是一种翻译标准，只不过针
对不同的文类，最佳近似度究竟在哪些因素方面可最佳程度地（并不一
定是最大程度地）取得近似效果，不是一成不变的，而是具有高度的灵
活性。不同的文类，甚至针对不同的受众，我们都可以设定不同的最佳
近似度。这点在拙著《中西诗比较鉴赏与翻译理论》（清华大学出版社，
2010 年）的相关章节中有详细的厘定，此不赘。

话与诗的关系：话不是诗

古人的口语本来就是白话，与现在的人说的口语是白话一个道理。

---

1 Vergebens werden ungebundene Geister / Nach der Vollendung reiner Höhe streben.
参 见 http://www.cosmiq.de/qa/show/3454062/Vergebens-werden-ungebundne-Geister-
Nach-der-Vollendung-reiner-Hoehe-streben-Was-ist-die-Bedeutung-dieser-2-Verse-Ich-komm-
nicht-drauf/t.

正因为白话太俗，不够文雅，古人慢慢将白话进行改进，使它更加规范、更加准确，并且用语更加丰富多彩，于是文言产生。在文言的基础上，还有更文的文字现象，那就是诗歌，于是诗歌产生。所以就诗歌而言，文言味实际上就是一种特殊的诗味。文言有浅近的文言，也有佶屈聱牙的文言。中国传统诗歌绝大多数是浅近的文言，但绝非口语、白话。诗中有话的因素，自不待言，但话的因素往往正是诗试图抑制的成分。

文言和诗歌的产生是低俗的口语进化到高雅、准确层次的标志。文言和诗歌的进一步发展使得语言的艺术性愈益增强。最终，文言和诗歌完成了艺术性语言的结晶化定型。这标志着古代文学和文学语言的伟大进步。《诗经》、楚辞、唐诗、宋词、元明戏曲，以及从先秦、汉、唐、宋、元至明清的散文等，都是中国语言艺术逐步登峰造极的明证。

人们往往忘记：话不是诗，诗是话的升华。话据说至少有**几十万年**的历史，而诗却只有**几千年**的历史。白话通过漫长的岁月才升华成了诗。因此，从理论上说，白话诗不是最好的诗，而只是低层次的、初级的诗。当一行文字写得不像是话时，它也许更像诗。"太阳落下山去了"是话，硬说它是诗，也只是平庸的诗，人人可为。而同样含义的"白日依山尽"不像是话，却是真正的诗，非一般人可为，只有诗人才写得出。它的语言表达方式与一般人的通用白话脱离开来了，实现了与通用语的偏离（deviation from the norm）。这里的通用语指人们天天使用的白话。试想把唐诗宋词译成白话，还有多少诗味剩下来？

谢谢古代先辈们一代又一代、不屈不挠的努力，话终于进化成了诗。

但是，20 世纪初一些激进的中国学者鼓荡起一场声势浩大的白话文运动。

客观说来，用白话文来书写、阅读自然科学和人文科学文献，例如哲学、政治学、伦理学、经济学等等文献，这都是**伟大的进步**。这个进步甚至可以上溯到八百多年前朱熹等大学者用白话体文章传输理学思想。对此笔者非常拥护，非常赞成。

但是约一百年前的白话诗运动却未免走向了极端，事实上是一种语言艺术方面的倒退行为。已经高度进化的诗词曲形式被强行要求返祖回归到三千多年前的类似白话的状态，已经高度语言艺术化了的诗被强行要求退化成话。艺术性相对较低的白话反倒成了正统，艺术性较高的诗反倒成了异端。其实，容许口语类白话诗和文言类诗并存，这才是正确的选择。但一些激进学者故意拔高白话地位，在诗歌创作领域搞成白话至上主义，这就走上了极端主义道路。

这个运动影响到诗歌翻译的结果是什么呢？结果是西方所有的大诗人，不论是古代的还是近代的，如荷马（Homer）、但丁（Dante）、莎士比亚、歌德、雨果（Victor Hugo）、普希金（Alexander Pushkin）……都莫名其妙地似乎用同一支笔写出了 20 世纪初才出现的味道几乎相同的白话文汉诗！

将产生这种极端性结果的原因再回推，我们会清楚地明白，当年的某些学者把文学艺术简单雷同于人文社会科学，误解了文学艺术，尤其是诗歌艺术的特殊性质，误以为诗就是话，混淆了诗与话的形式因素。

针对莎士比亚戏剧诗的翻译对策

由上可知，莎士比亚的剧文既然大多是格律诗，无论有韵无韵，它们都是诗，都有格律性。因此在汉译中，我们就有必要显示出它具有格律性，而这种格律性就是诗性。

问题在于，格律性是附着在语言形式上的；语言改变了，附着其上的格律性也就大多会消失。换句话说，格律大多不可复制或模仿，这就正如用钢琴弹不出二胡的效果，用古筝奏不出黑管的效果一样。但是，原作的内在旋律是可以模仿的，只是音色变了。原作的诗性是可以换个形式营造的，这就是利用汉语本身的语言特点营造出大略类似的语言艺术审美效果。

由于换了另外一种语言媒介，原作的语音美设计大多已经不能照搬、复制，甚至模拟了，那么我们就只好断然舍弃掉原作的许多语音美设计，而代之以译入语自身的语言艺术结构产生的语音美艺术设计。当然，原作的某些语音美设计还是可以尝试模拟保留的，但在通常的情况下，大多数的语音美已经不可能传输或复制了。

利用汉语本身的语音审美特点来营造莎士比亚诗歌的汉译语音审美效果，是莎士比亚作品翻译的一个有效途径。机械照搬原作的语音审美模式多半会失败，并且在大多数的场合下也没有必要。

具体说来，这就涉及翻译莎士比亚戏剧作品时该如何处理：1）节奏；2）韵律；3）措辞。笔者主张，在这三个方面，我们都可以适当借鉴利用中国古代词曲体的某些因素。戏剧剧文中的诗行一般都不宜多用单调的律诗和绝句体式。元明戏剧为什么没有采用前此盛行的五言或七言诗行而采用了长短错杂、众体皆备的词曲体？这是一种艺术形式发展的必然。元明曲体由于要更好更灵活地满足抒情、叙事、论理等诸多需要，故借用发展了词的形式，但不是纯粹的词，而是融入了民间语汇。词这种形式涵盖了一言、二言、三言、四言、五言、六言、七言、八言……乃至十多言的长短句式，因此利于表达变化莫测的情、事、理。从这个意义上看，莎士比亚剧文语言单位的参差不齐状态与中文词曲体句式的参差不齐状态正好有某种相互呼应的效果。

也许有人说，莎士比亚的剧文虽然是格律诗，但并不怎么押韵，因此汉诗翻译也就不必押韵。这个说法也有一定道理，但是道理并不充实。

首先，我们应该明白，既然莎士比亚的剧文是诗体，人们读到现今的散体译文或不押韵的分行译文却难以感受到其应有的诗歌风味，原因即在于其音乐性太弱。如果人们能够照搬莎士比亚素体诗所惯常用的音步效果及由此引起的措辞特点，当然更好。但事实上，原作的节奏效果是印欧语系语言本身的效果，换了一种语言，其效果就大多不能搬用了，所以我们只好利用汉语本身的优势来创造新的音乐美。这种音乐美很难说是原作的音乐美，但是它毕竟能够满足一点：即诗体剧文应该具有诗歌应有的音乐美这个起码要求。而汉译的押韵可以强化这种音乐美。

其次，莎士比亚的剧文不押韵是由诸多因素造成的。第一，属于印欧语系语言的英语在押韵方面存在先天的多音节不规则形式缺陷，导致押韵词汇范围相对较窄。所以对于英国诗人来说，很苦于押韵难工；莎士比亚的许多押韵体诗，例如十四行诗，在押韵方面都不很工整。其次，莎士比亚的剧文虽不押韵，却在节奏方面十分考究，这就弥补了音韵方面的不足。第三，莎士比亚的剧文几乎绝大多数是诗行，对于剧作者来说，每部长达两三千行的诗行行都要押韵，这是一个极大的挑战，很难完成。而一旦改用素体，剧作者便会轻松得多。但是，以上几点对于汉语译本则不是一个问题。汉语的词汇及语音构成方式决定了它天生就是一种有利于押韵的艺术性语言。汉语存在大量同韵字，押韵是一件很容易的事情。汉语的语音音调变化也比莎士比亚使用的英语的音调变化空间大一倍以上。汉语音调至少有四种（加上轻重变化可达六至八种），而英语的音调主要局限于轻重语调两种，所以存在于印欧语系文字诗歌中的频频押韵有时会产生的单调感，在汉语中会在很大程度上由于语调的多变而得到缓解。故汉语戏剧剧文在押韵方面有很大的潜在优势空间，实际上元明戏剧剧文频频押韵就是证明。

第三，莎士比亚的剧文虽然很多不押韵，但却具极强的节奏感。他惯用的格律多半是抑扬格五音步（iambic pentameter）诗行。如果我们在节奏方面难以传达原作的音美，或者可以通过韵律的音美来弥补节奏美的丧失，这种翻译对策谓之堤内损失堤外补，亦谓失之东隅，收之桑榆。我们的语言在某方面有缺陷，可以通过另一方面的优点来弥补。当然，笔者主张在一定程度上借鉴利用传统词曲的风味，却并不主张使用宋词、元曲式的严谨格律，而只是追求一种过分散文化和过分格律化之间的妥协状态。有韵但是不严格，要适当注意平仄，但不过多追求平仄效果及诗行的整齐与否；不必有太固定的建行形式，只是根据诗歌本身的内容和情绪赋予适当的节奏与韵式。在措辞上则保持与白话有一段距离，但是绝非佶屈聱牙的文言，而是趋近典雅、但普通读者也能读懂的语言。

最后，根据翻译标准多元互补论原理，由于莎士比亚作品在内容、形式及审美效应方面具有多样性，因此，只用一种类乎纯诗体译法来翻译所有的莎士比亚剧文，也是不完美的，因为单一的做法也许无形中堵塞了其他有益的审美趣味通道。因此，这套译本的译风虽然整体上强调诗化、诗味，但是在营造诗味的途径和程度上不是单一的。我们允许诗体译风的灵活性和创新性。多译者译法实际上也是在探索诗体译法的诸多可能性，这为我们将来进一步改进这套译本铺垫了一条较宽的道路。因此，译文从严格押韵、半押韵到不押韵的各个程度，译本都有涉猎。但是，无论是否押韵，其节奏和措辞应该总是富于诗意，这个要求则是统一的。这是我们对皇家版《莎士比亚全集》译本的语言和风格要求。不能说我们能完全达到这个目标，但我们是往这个方向努力的。正是这样的努力，使这套译本与前此译本有很大的差异，在一定的意义上来说，标志着中国莎士比亚著作翻译的一次大转折。

翻译突破：还原莎士比亚作品禁忌区域

另有一个课题是中国学者从前讨论得比较少的禁忌领域，即莎士比亚著作中的性描写现象。

许多西方学者认为，莎士比亚酷爱色情字眼，他的著作渗透着性描写、性暗示。只要有机会，他就总会在字里行间，用上与性相联系的双关语。西方人很早就搜罗莎士比亚著作的此类用语，编纂了莎士比亚淫秽用语词典。这类词典还不止一种。1995 年，我又看到弗朗基·鲁宾斯坦（Frankie Rubinstein）等编纂了《莎士比亚性双关语释义词典》（*A Dictionary of Shakespeare's Sexual Puns and Their Significance*），厚达 372 页。

赤裸裸的性描写或过多的淫秽用语在传统中国文学作品中是受到非议的，尽管有《金瓶梅》这样被判为淫秽作品的文学现象，但是中国传统的主流舆论还是抑制这类作品的。莎士比亚的作品固然不是通常意义上的淫秽作品，但是它的大量实际用语确实有很强的色情味。这个极鲜明的特点恰恰被前此的所有汉译本故意掩盖或在无意中抹杀掉。莎士比亚的所有汉译者，尤其是像朱生豪先生这样的译者，显然不愿意中国读者看到莎士比亚的文笔有非常泼辣的大量使用性相关脏话的特点。这个特点多半都被巧妙地漏译或改译。于是出现一种怪现象，莎士比亚著作中有些大段的篇章变成汉语后，尽管读起来是通顺的，读者对这些话语却往往感到莫名其妙。以《罗密欧与朱丽叶》第一幕第一场前面的 30 行台词为例，这是凯普莱特家两个仆人山普孙与葛莱古里之间的淫秽对话。但是，读者阅读过去的汉译本时，很难看到他们是在说淫秽的脏话，甚至会认为这些对话只是仆人之间的胡话，没有什么意义。

不过，前此的译本对这类用语和描写的态度也并不完全一样，而是依据年代距离在逐步改变。朱生豪先生的译本对这些东西删除改动得最多，梁实秋先生已经有所保留，但还是有节制。方平先生等的译本保留得更多一些，但仍然持有相当的保留态度。此外，从英语的不同版本看，有的版本注释得明白，有的版本故意模糊，有的版本注释者自己也没有弄懂这些双关语，那就更别说中国译者了。

在这一点上，我们目前使用的皇家版《莎士比亚全集》是做得最好的。

那么，我们该怎样来翻译莎士比亚的这种用语呢？是迫于传统中国道德取向的习惯巧妙地回避，还是尽可能忠实地传达莎士比亚的本真用意？我们认为，前此的译本依据各自所处时代的中国人道德价值的接受状态，采用了相应的翻译对策，出现了某种程度的曲译，这是可以理解的，是特定历史条件下的产物。但是，历史在前进，中国人的道德观已经有了很大的改变，尤其是在性禁忌领域。说实话，无论我们怎样真实地还原莎士比亚著作中的性双关描写，比起当代文学作品中有时无所忌讳的淫秽描写来，莎士比亚还真是有小巫见大巫的感觉。换句话说，目前中国人在这方面的外来道德价值接受状态，已经完全可以接受莎士比亚著作中的性双关用语了。因此，我们的做法是尽可能真实还原莎士比亚性相关用语的现象。在通常的情况下，如果直译不能实现这种现象的传输，我们就采用注释。可以说，在这方面，目前这个版本是所有莎士比亚汉译本中做得最超前的。

译法示例

莎士比亚作品的文字具有多种风格，早期的、中期的和晚期的语言风格有明显区别，悲剧、喜剧、历史剧、十四行诗的语言风格也有区别。甚至同样是悲剧或喜剧，莎士比亚的语言风格往往也会很不相同。比如同样是属于悲剧，《罗密欧与朱丽叶》剧文中就常常有押韵的段落，而大悲剧《李尔王》却很少押韵；同样是喜剧，《威尼斯商人》是格律素体诗，而《快乐的温莎巧妇》却大多是散文体。

与此现象相应，我们的翻译当然也就有多种风格。虽然不完全一一对应，但我们有意避免将莎士比亚著作翻译成千篇一律的一种文体。从这个意义上说，皇家版《莎士比亚全集》汉译本在某些方面采用了全新的译法。这种全新译法不是孤立的一种译法，而是力求展示多种翻译风格、多种审美尝试。多样化为我们将来精益求精提供了相对更多的选择。如果现在固定为一种单一的风格，那么将来要想有新的突破，就困难了。概括说来，我们的多种翻译风格主要包括：1）有韵体诗词曲风味译法；2）有韵体现代文白融合译法；3）无韵体白话诗译法。下面依次选出若干相应风格的译例，供读者和有关方面品鉴。

一、有韵体诗词曲风味译法

有韵体诗词曲风味译法注意使用一些传统诗词曲中诗味比较浓郁的词汇，同时注意遣词不偏僻，节奏比较明快，音韵也比较和谐。但是，它们并不是严格意义上的传统诗词曲，只是带点诗词曲的风味而已。例如：

女巫甲　何时我等再相逢？

　　　　　闪电雷鸣急雨中？

女巫乙　待到硝烟烽火静，

　　　　　沙场成败见雌雄。

女巫丙　残阳犹挂在西空。　　　　　　　　（《麦克白》第一幕第一场）

小丑甲　当时年少爱风流，

　　　　　有滋有味有甜头；

　　　　　行乐哪管韶华逝，

　　　　　天下柔情最销愁。　　　　　　　　（《哈姆莱特》第五幕第一场）

朱丽叶 天未曙，罗郎，何苦别意匆忙？
鸟音啼，声声亮，惊骇罗郎心房。
休听作破晓云雀歌，只是夜莺唱，
石榴树间，夜夜有它设歌场。
信我，罗郎，端的只是夜莺轻唱。

罗密欧 不，是云雀报晓，不是莺歌，
看东方，无情朝阳，暗洒霞光，
流云万朵，镶嵌银带飘如浪。
星斗如烛，恰似残灯剩微芒，
欢乐白昼，悄然驻步雾嶂群岗。
奈何，我去也则生，留也必亡。

朱丽叶 听我言，天际微芒非破晓霞光，
只是金乌，吐射流星当空亮，
似明炬，今夜为郎，朗照边邦，
何愁它曼托瓦路，漫远悠长。
且稍待，正无须行色皇皇仓仓。

罗密欧 纵身陷人手，蒙斧钺加诛于刑场；
只要这勾留遂你愿，我欣然承当。
让我说，那天际灰朦，非黎明醒眼，
乃月神眉宇，幽幽映现，淡淡辉光；
那歌鸣亦非云雀之讴，哪怕它
嚣然振动于头上空冥，嘹亮高亢。
我巴不得栖身此地，永不他往。
来吧，死亡！倘朱丽叶愿遂此望。
如何，心肝？畅谈吧，趁夜色迷茫。

（《罗密欧与朱丽叶》第三幕第五场）

二、有韵体现代文白融合译法

有韵体现代文白融合译法的特点是：基本押韵，措辞上白话与文言尽量能够水乳交融；充分利用诗歌的现代节奏感，俾便能够念起来朗朗上口。例如：

哈姆莱特 死，还是生？这才是问题根本：

莫道是苦海无涯，但操戈奋进，

终赢得一片清平；或默对逆运，

忍受它箭石交攻，敢问，

两番选择，何为上乘？

死灭，睡也，倘借得长眠

可治心伤，愈千万肉身苦痛痕，

则岂非美境，人所追寻？死，睡也，

睡中或有梦魇生，唉，症结在此；

倘能撒手这碌碌凡尘，长入死梦，

又谁知梦境何形？念及此忧，

不由人踌躇难定：这满腹疑情

竟使人苟延年命，忍对苦难平生。

假如借短刀一柄，即可解脱身心，

谁甘愿受人世的鞭挞与讥评，

强权者的威压，傲慢者的骄横，

失恋的痛楚，法律的耽延，

官吏的暴虐，甚或默受小人

对贤德者肆意拳脚加身？

谁又愿肩负这如许重担，

流汗、呻吟，疲于奔命，

倘非对死后的处境心存疑云，

惧那未经发现的国土从古至今
无孤旅归来，意志的迷惘
使我辈宁愿忍受现世的忧闷，
而不敢飞身投向未知的苦境？
前瞻后顾使我们全成懦夫，
于是，本色天然的决断决行，
罩上了一层思想的惨淡余阴，
只可惜诸多待举的宏图大业，
竟因此如逝水忽然转向而行，
失掉行动的名分。　　　　（《哈姆莱特》第三幕第一场）

麦克白　　若做了便是了，则快了便是好。
若暗下毒手却能横超果报，
割人首级却赢得绝世功高，
则一击得手便大功告成，
千了百了，那么此际此宵，
身处时间之海的沙滩、岸畔，
何管它来世风险逍遥。但这种事，
现世永远有裁判的公道：
教人杀戮之策者，必受杀戮之报；
给别人下毒者，自有公平正义之手
让下毒者自食盘中毒肴。　　　　（《麦克白》第一幕第七场）

损神，耗精，愧煞了浪子风流，
都只为纵欲眠花卧柳，
阴谋，好杀，赌假咒，坏事做到头；

心毒手狠，野蛮粗暴，背信弃义不知羞。

才尝得云雨乐，转眼意趣休。

舍命追求，一到手，没来由

便厌腻个透。呀恰，恰像是钓钩，

但吞香饵，管教你六神无主不自由。

求时疯狂，得时也疯狂，

曾有，现有，还想有，要玩总玩不够。

适才是甜头，转瞬成苦头。

求欢同枕前，梦破云雨后。

唉，普天下谁不知这般儿歹症候，

却避不得便往这通阴曹的天堂路儿上走！

（十四行诗第一百二十九首）

三、无韵体白话诗译法

无韵体白话诗译法的特点是：虽然不押韵，但是译文有很明显的和谐节奏，措辞畅达，有诗味，明显不是普通的口语。例如：

贡妮芮　父亲，我爱您非语言所能表达；

胜过自己的眼睛、天地、自由；

超乎世上的财富或珍宝；犹如

德貌双全、康强、荣誉的生命。

子女献爱，父亲见爱，至多如此；

这种爱使言语贫乏，谈吐空虚：

超过这一切的比拟——我爱您。（《李尔王》第一幕第一场）

李尔　国王要跟康沃尔说话，慈爱的父亲

要跟他女儿说话，命令、等候他们服侍。

这话通禀他们了吗？我的气血都飙起来了！
火爆？火爆公爵？去告诉那烈性公爵——
不，还是别急：也许他是真不舒服。
人病了，常会疏忽健康时应尽的
责任。身子受折磨，
逼着头脑跟它受苦，
人就不由自主了。我要忍耐，
不再顺着我过度的轻率任性，
把难受病人偶然的发作，错认是
健康人的行为。我的王权废掉算了！
为什么要他坐在这里？这种行为
使我相信公爵夫妇不来见我
是伎俩。把我的仆人放出来。
去跟公爵夫妇讲，我要跟他们说话，
现在就要。叫他们出来听我说，
不然我要在他们房门前打起鼓来，
不让他们好睡。　　　　　　（《李尔王》第二幕第二场）

奥瑟罗　诸位德高望重的大人，
　　　　　我崇敬无比的主子，
　　　　　我带走了这位元老的女儿，
　　　　　这是真的；真的，我和她结了婚，说到底，
　　　　　这就是我最大的罪状，再也没有什么罪名
　　　　　可以加到我头上了。我虽然
　　　　　说话粗鲁，不会花言巧语，
　　　　　但是七年来我用尽了双臂之力，

直到九个月前，我一直

都在战场上拼死拼活，

所以对于这个世界，我只知道

冲锋向前，不敢退缩落后，

也不会用漂亮的字眼来掩饰

不漂亮的行为。不过，如果诸位愿意耐心听听，

我也可以把我没有化装掩盖的全部过程，

一五一十地摆到诸位面前，接受批判：

我绝没有用过什么迷魂汤药、魔法妖术，

还有什么歪门邪道——反正我得到他的女儿，

全用不着这一套。　　　　　（《奥瑟罗》第一幕第三场）

目　录

出版说明...i

莎士比亚诗体重译集序..iii

《哈姆莱特》导言...1

哈姆莱特..13

《哈姆莱特》导言

　　《哈姆莱特》[1]这个剧本的气氛由其开场对话定下了基调："来者何人？""不，你先回答。"剧本营造了一种幻象：观众和阐释者可能对本剧产生的疑问，一个不差，都由它向观众和阐释者提了出来。莎士比亚不告诉我们他是剧中哪个角色，也不告诉我们他所处的立场。相反，他使我们——或者说我们的文化——自己揭示出自己。这就是莎士比亚经久不衰的魅力之源泉，也是《哈姆莱特》长期被视为莎士比亚最伟大或者至少是最具特色的剧本的原因之一。

　　在所有的戏剧人物之中，这位丹麦王子是最著名的喜欢提问的人物。他是莎士比亚笔下台词最多的人物。扮演他的演员必须记诵340多段台词；在莎士比亚戏剧中，这个角色的台词比重（近40%）大于任何其他角色。哈姆莱特最喜爱的智力行为就是将他目睹的戏剧情景——一位演员在流泪，一个骷髅从古墓中抛出——转换为思考："赫卡柏与他何干？他与赫卡柏何关？/他干吗为她涕泗横流？""现在你还说挖苦话吗？还蹦跳吗？还哼歌吗？还能即兴诌出些打趣妙语让满桌人捧腹大笑吗？"

1　原名《丹麦王子哈姆莱特复仇记》（*The Tragedy of Hamlet, Prince of Denmark*）。——译者附注

在观看演出或阅读剧本时，我们受到触动，会像哈姆莱特一样提出一些大问题：我们应该相信什么？我们应该如何行动？死后会发生什么？我们应该相信谁口中的真相？

霍拉修的评论最接近普通观众的声音；他说自己"[暗有]几分"相信有关鬼魂和征兆的故事。他的这个限定词成了整出戏剧的暗语。人类是有"几分"像神一样的生物，具有充分的精神和言语的能力，是"世界的娇花！万类的灵长！"但另有的几分则只是"泥土的精华"——政客、律师、英勇的行动家（如亚历山大大帝）和卑躬的小丑（如约利克）全部会陨落如尘。

尽管最后悲喜的结局不同，但是就像《仲夏夜之梦》（*A Midsummer Night's Dream*）中的森林一样，埃尔西诺也是个"一切都化作了层叠的两重似的"的地方。罗森格兰兹和吉尔登斯吞是个双人组合，他们充当探子刺探哈姆莱特，结果是他"左右耳朵边各有一人听着"。几乎没有一个剧中人物说起话来不产生双重语义："[若非]我亲睹／这活灵活现的场景""但我总是隐约感觉这是个预兆""举国岗哨林立，乱象纷陈""妇女的贞操贤惠"等等。舞台道具也都成对出现：两兄弟两幅截然不同的画像，一对长剑（其中之一被削尖并涂毒以助杀人），两个骷髅。登场情景似乎故意重复：幽灵重现；哈姆莱特在冥想状态中的话被两次听到，第一次是他手拿一本书时，第二次是他反思生存还是毁灭问题时；在受到剧中剧《捕鼠机》的打击后，国王和王后葛特露德分别退入各自的房间；奥菲利娅也有两次发疯的场景。

在哈姆莱特杀死波洛纽斯后，儿子为父报仇的情节也是双重的："从我自己的痛苦状我能看透／他的怨愤表情。"哈姆莱特这样评论雷欧提斯。年轻的福丁布拉斯发誓要为老福丁布拉斯复仇时，这个复仇的主题又重复了一次。更进一步的复仇性评论是剧中剧演员在台词中提供的，他描述了阿喀琉斯的儿子皮洛斯为父报仇而疯狂地寻找并屠杀了老国王普里阿摩斯。但是，这可能被解释为一个负面性例证：普里阿摩斯本人就是一个"衰弱"的父亲，他的被杀导致身兼妻子和母亲角色的赫卡柏精神狂乱。如果哈姆莱特成为像皮洛斯那样的杀人机器，除了在情感上折磨自己的母亲之外，他还会沦落到与自己的对手一样残暴：这便是他两难情境的概括。

哈姆莱特是一个学生，是永恒的学生和理想主义者形象的典范，这种人物形象充斥了后来的文学作品，尤其在德意志和俄罗斯。像莎士比亚另一部高智慧的戏剧作品《特洛伊罗斯与克瑞西达》（*Troilus and Cressida*）一样，这是一出讨论认识论、伦理学和形而上学等重大问题的剧作。16世纪占主流的教育理论"人文主义"提出，智慧必须从书本知识中演绎而来。学生通过所接受的修辞训练发展自己的语言技巧，同时通过把引文和警句抄录进札记簿内积累古人的智慧。波洛纽斯就雷欧提斯离家后应该如何为人处事所陈述的若干箴言可视为这方面的经典例证，其中最典型的莫过那句陈词滥调："对自己，勿自欺。""推理"艺术则通过学习"惯例"来加以精细化，其中常见的主题之一是"老父必死"。人们认为推理和判断可主宰意志和激情。塞内加（Seneca）的斯多葛学派（Stoicism）提供了一种范例，即用"哲学"来应对命运的变化无常和宫廷政治的盛衰更替。

哈姆莱特的叔叔一定曾经是个优秀学生。他是个能精准使用修辞术的大师，他的台词音调铿锵，措辞得体，掩盖了他破坏自然和国家秩序的罪行。他认为他很清楚哀悼一位兄长兼丈夫兼父亲的死亡需要多长的时间才是适当的。他确信宫廷里人人都会接受他的想法。哈姆莱特则对这种所谓得体的礼节嗤之以鼻。他对"人所周知"的行为方式不感兴趣。他为"过分在意"的东西、为个体辩护。维持在固定时期内的"恪尽孝道"对他而言只是纯粹的表面排场，他拒绝再配合这种装模作样。他有"郁结中心的凄苦却表而难臻"：孤单独处本身就是有违社会习俗的。他从大学回到宫廷,决心"抹掉"所谓斯多葛得体礼仪的习俗性智慧,抹掉所有那些"理性［论述］",人文主义理论家们可都把这样的论述视为可使人类高于禽兽的天赋才能。他拒绝"书面格言",拒绝"少年时代"从人文主义的文本中复制过来的行为法典。遇到鬼魂后,他发誓要用实际经验而非书本知识来填充他的札记簿("我的记事本")。这种看待事物的方式一开头被他的同学霍拉修和马塞勒斯看作纯粹的"神魂颠倒［的话］",是遇到邪灵所致的疯癫。但是哈姆莱特知道自己在做什么。他试图把他的"怪异的举止"作为一种验证方式,验证由霍拉修所体现的所谓理性"哲学"。奥菲利娅讲述了她如何目睹哈姆莱特深深地叹气,似乎"其生命已消亡"。这消亡也是一个开始。新人诞生了,他专注于一种信念:理性的对立面不是疯狂,而是真情。后来,当奥菲利娅发疯后,她被描述为"也因此失去理性。/ 人无理性徒有其表,无异畜牲"。而当哈姆莱特装疯的时候,恰恰相反,他说起话来具有真正的判断力,就连波洛纽斯都不无勉强地承认:"那是疯子常常能够歪打正着的妙语,头脑健全的人反倒绞尽脑汁也说不出。"

《哈姆莱特》既是一部政治剧,也是一部记录个体心路历程的戏剧。它始于不祥的征兆:"我们的国家恐怕会有祸乱发生。"它举起一面镜子,照出芸芸众生,既包括王室、朝臣、政客和大使,也包括普通百姓:学生、演员、掘墓者,甚至(处于边缘位置的)一群追随福丁布拉斯的下层"亡命之徒"以及一伙想要拥立雷欧提斯为王的"暴民"。"丹麦就是一所监狱":哈姆莱特被限制、拘束、禁闭其间。这都是由于他的王子身份,也由于官场的钩心斗角和物欲世界的种种局限性。他处于忧郁状态,抱怨说他已经对一切所谓正人君子式的追求("行事习惯")都失去了兴趣时,指着的是舞台上方的"天穹"。这样有意识地影射环球剧场的结构,暗示了他是如何发现他的自由状态的:在剧本中,首先是通过装疯来实现，其次是通过演戏来实现。演员的到来使他重振精神。哈姆莱特热爱戏剧演出和演员们，因为他认识到通过戏剧演出可以揭露社会生活的伪善部分；所谓君臣关系以及种种浮华的礼节仪式亦不过是在演戏而已。他是通过"［一种］虚构"和"［一场］激情的梦境"才认识到这个真理的。在这一点上，他应该被看作是为他的创造者的艺术充当了辩护人。

戏中戏使哈姆莱特精神大振，他的最短的独白在风格上很像传统的舞台复仇者，例如托马斯·基德（Thomas Kyd）所著《西班牙悲剧》（*Spanish Tragedy*）中的耶罗尼莫（Hieronimo）："我待啜饮鲜血淋淋，/施暴行无数，令白昼看了也发抖。"哈姆莱特能够像任何别的复仇者一样做出暴烈的行动——这只要看看他如何粗暴地拒绝奥菲利娅以及若无其事地把波洛纽斯的尸体拽进隔壁房间就够了。他也没有真正像他自己告诉我们的那样延宕了那么久。他必须确认鬼魂的真实性，确保它不是某个魔鬼派来引诱他行恶的。一旦他通过观看克劳迪斯对戏中戏的反应而完成这种确认时，立刻就要去杀死他；之所以没有杀死正在祈祷的克劳迪斯，是因为这时杀死他反倒会送他去天堂而非地狱，"不是复仇，倒像是假我之手为他积德"。后来，他认为已经把克劳迪斯杀死在母亲葛特露德的藏衣间了，但事实证明他杀死的只是波洛纽斯，结果他就被打发到英格兰去了。他把罗森格兰兹和吉尔登斯吞戏弄了一番，并打发掉了他们，便随即经由海盗船施行他大胆的逃跑计划，回到了丹麦。他此时"顺其自然"，在决斗期间完成了复仇。

但这种"鲜血淋淋"的独白风格完全不同于他的其他独白台词，那些台词往往都更长、更内省。而正是从这些台词演绎出我们心目中哈姆莱特的人物形象：在第一幕，由于对母亲的仓促改嫁非常厌恶，他情愿了结自己的残生；在第二幕，看到一个戏中戏演员居然能够为赫卡柏虚构的悲伤而悲痛欲绝，而他自己还没有做过任何为父复仇的事，他因此开始自怨自艾；在第三幕，他对于自杀的利弊来了一番沉思默想；而在四开本的第四幕，他还在责骂自己，把自己的碌碌无为与福丁布拉斯及其军队的军事行动作了比较（"啊，所有的一切都在控诉我，/ 激励我迟迟没有进行的复仇"）。哈姆莱特的这种自我剖析，导致一些评论家认为他之所以未能杀死正在祈祷的篡位者，是他行动延宕的结果，而不是因为他正在掂量自己的行动是要把死者送上天堂还是送进地狱。这些独白颇有说服力地展示了哈姆莱特的犹豫不决和无所作为，甚至到最后一幕时我们都有可能感到，国王之被杀与其说是哈姆莱特种种计划的必然结局，不如说是雷欧提斯为其父亲及妹妹报仇所带来的阴差阳错的结果。

对于浪漫主义者如歌德（Goethe）和柯勒律治（Coleridge）而言，哈姆莱特属于敏感类型的人，他纯粹的思考能力反而使他在行动上处于瘫痪状态，无所作为——其实这是在诉说他们自己作为诗人在公共场合的局促不安。如果说这样的解读还值得商榷，那么有一点是确切无疑的，这就是：莎士比亚在《哈姆莱特》这部剧作中的创新处，是从旧剧中抽取出这个复仇性人物，把他转变成一个知识分子，使得复仇行为成为一个道德困境，而不是一个通过有效的谋划即可施行的切实任务。哈姆莱特面临的难题是：他的智慧使他能够看到每个问题的两面，而在复仇剧中却没有空间来对此加以讨论或寻找到折中的办法。从《旧约》和古希腊悲剧（借由塞内加的拉丁文剧本）中，莎士比亚学到的是，一个行动必然引起反行动：一代人中的某个罪行要求下一代人中有相应的惩罚，所谓"以牙还牙，以眼还眼"。报复行为必须精确、完整。哈姆莱特之所以在国王祈祷时不杀他，是因为这反倒会送他直奔天堂，这种结局显然不对应于老哈姆莱特的结局，他"本是在饱食之后，/ 身负着［五月繁花似的］恶罪"，冷不丁成为刀下之鬼的。剧本中有若干讽刺的地方，其中之一就是：哈姆莱特刚刚离去，国王就承认，他希望获得宽恕的祈祷未起作用——如果哈姆莱特此前一刀落下，可能恰好让他的敌人成为地狱幽魂。

这个剧本的悖论之一是，老哈姆莱特的鬼魂来自炼狱，他受困于烈火，"直到生前罪孽最终烧毁净尽"。而哈姆莱特为其不挺剑刺杀正在祈祷的叔叔寻找理由的那些话，暗示忏悔行为可以立即清除罪恶，甚至可以让一个犯有弥天大罪者临终时立即进入天堂。炼狱观念属于罗马天主教教义，哈姆莱特所假设的这种飞跃性获恩则是一种英国清教徒观念。在好几个地方，这个剧本都牵涉到那场宗教改革和反宗教改革中意义重大的教义争端。哈姆莱特毕竟渴望能回到威登堡，那是马丁·路德（Matin Luther）所在的大学，是清教革命的知识分子家园。在这一家园中，感情真实性是至关重要的，而关键性术语则是"顾虑"。正如哈姆莱特在那段"死，还是生"台词临了时说："前瞻后顾使我们全成懦夫。"在伊丽莎白时代的英语中，"顾虑"（conscience）不仅意味着道德顾忌，也意味着"意识"（consciousness）。这个时期的一部多语种词典列入了这个词，释义是："见证自己的心灵、知识、悔恨。"正是哈姆莱特登峰造极的自我意识状态，使他与传统复仇者判然有别。当独处舞台、自省所处境况时，他似乎体现了人的"存在"本质。正是这种多含义的"前瞻后顾"塑造了他的自我形象和他的"性格"，也正是这一过程使他极难施行要求他完成的行动。然而，一旦他付诸行动，他是果断而无情的。当他接受了"该发生的就必会发生"这种思想时——这对一个知识分子来说绝非易事——他就处于一种"顺其自然"的状态。自那以后，他认为杀死国王是一种"天良"。对于设法处死那两个不仅背叛了他、也背叛了宝贵友谊的老同学罗森格兰兹和吉尔登斯吞，他也没有内疚感，只有一句"自问无愧于自己的良心"。

有时我们会听到这样一种说法，说导致剧中情节最后结局的是偶然机会，而非哈姆莱特。哈姆莱特的确相信天命是在为他而发生作用，证据之一就是他能幸运地拥有老王印章，钤印之信件决定了罗森格兰兹和吉尔登斯吞的命运。但是，尽管时而有人引为"偶然"的例证，在与雷欧提斯比剑期间双方换剑一事却非偶然事件。许多现代的演出中所使用的重剑，在莎士比亚时代尚未被发明出来——那是一种柔韧性很好的钝剑，可从手中打掉，从而导致双方偶然交换武器的可能性。但是哈姆莱特和雷欧提斯比剑时用的是"长剑和匕首"，是当时这种比试中最常见的武器，具体图示可见温琴蒂奥·萨维奥洛（Vincentio Saviolo）的剑技论著《实用剑技》（*The Art of Practice*, 1595）。长剑被紧握在手中，意味着它很难从对方手中夺开，除非使用高阶技艺"左手抓持法"。哈姆莱特须将匕首扔在地上，左手抓住雷欧提斯长剑的剑柄，使劲一扭，剑从雷欧提斯手中脱手而出。雷欧提斯作出反应时以同样的招法，结果导致双方换剑。

　　这种招式在那时期的欧洲大陆剑技手册中有图示，此技甚为精巧。故哈姆莱特的这一招必定是故意如此。这倒不是说哈姆莱特一开始就知

"长剑与匕首"：防守姿势，图示见温琴蒂奥·萨维奥洛的剑技论著英文本（1595）。

"剑均为对方所夺"：通过左手抓持而解除对方武器并同时交换武器，图示见亨利·德·圣迪迪埃（Henri de Saint-Didier）的剑技论著法文本（1573）。

道雷欧提斯的剑不是"钝剑"（此为当时剑道竞技场习俗，以防参赛者受伤），而是因为他"中"了一剑之后其皮肤居然被剑尖刺伤。他意识到雷欧提斯是动真格的，不是在闹着玩，立即以换剑奇招应对。现在，他处于绝对的警觉状态。行动替代了言辞。他果断复仇，不再有来自天性的那种内疚感了，于是"此外万籁无声"。

参考资料

剧情： 丹麦国王老哈姆莱特死了，他的弟弟继承了王位。新国王娶了已成寡妇的王后葛特露德。葛特露德的儿子哈姆莱特对于父亲的死和母亲的仓促改嫁甚感悲苦。他父亲的鬼魂现身并告诉他自己系谋杀身死，而凶手正是自己的弟弟。哈姆莱特于是发誓复仇。为了掩饰真实意图，他开始装疯。御前大臣波洛纽斯的女儿奥菲利娅和哈姆莱特原已几近订婚，波洛纽斯认为哈姆莱特发疯的原因是由于爱情。在波洛纽斯和国王的暗中监视和安排下，哈姆莱特与奥菲利娅不期而遇；他粗暴地拒绝了奥菲利娅的爱。一个戏班这时到达宫廷，哈姆莱特要求他们上演一出戏，剧情和他父亲被谋杀的情节相似。他希望通过这场戏来迫使国王暴露自己的罪行。哈姆莱特的怀疑得到了证实。他去看望母亲，痛斥她的草率再婚，并把藏身房间内的波洛纽斯意外杀死。国王于是送哈姆莱特去英国，并密谋将其除掉。波洛纽斯之子雷欧提斯誓报父仇。雷欧提斯的妹妹奥菲利娅因忧伤过度而致发疯，溺水身亡。哈姆莱特回到丹麦，在奥菲利娅的葬礼上碰到雷欧提斯。与此同时，国王和雷欧提斯合谋在击剑比赛中杀死哈姆莱特；雷欧提斯将在比赛时使用毒剑。不料阴谋失败，雷欧提斯自己被毒剑刺中身亡。葛特露德喝了国王预备给哈姆莱特的毒酒，也毒发而死。哈姆莱特被毒剑刺伤，临死前杀死了国王。年轻的挪威王子福丁布拉斯此时登场，声称有权继承丹麦王位。

主要角色:（列有台词行数百分比/台词段数/上场次数）哈姆莱特（37%/341/12），国王（14%/100/11），波洛纽斯（9%/86/8），霍拉修（7%/105/9），雷欧提斯（5%/60/6），奥菲利娅（4%/58/5），葛特露德（4%/70/10），罗森格兰兹（2%/44/6），演员甲（2%/8/2），鬼魂（2%/15/2），小丑甲（2%/34/1），马塞勒斯（2%/34/4），吉尔登斯吞（1%/29/5），奥斯里克（1%/19/1）。

语体风格: 诗体约占75%，散体约占25%。

创作年代: 1600年？米尔斯（Francis Meres）在1598年没有提到这个剧本；1602年夏注册出版。有若干处对话涉及《尤力乌斯·凯撒》（*Julius Caesar*, 1599），表明此剧在那部剧之后上演。剑桥大学教员加布里埃尔·哈维（Gabriel Harvey）曾提及莎士比亚的《哈姆莱特》，日期似乎在1601年2月之前。有关童伶的对话影涉1600到1601年期间伦敦各家剧场的相互竞争。但这些话也许是在原剧本产生后的某个时间插入剧本的（此段不见于第二四开本文本）。作者不详、现已佚失的旧《哈姆莱特》剧本最迟见于16世纪80年代后期至90年代中期，目前尚不清楚莎士比亚是否曾亲自参与这个剧本的写作。

取材来源: 考虑到莎士比亚使用旧剧本推陈出新的频率，可以假定，旧《哈姆莱特》剧本是本剧的主要来源。丹麦王子阿姆莱特（Amleth）是12世纪萨克索·格拉马蒂库斯（Saxo Grammaticus）所著《丹麦史》（*Historiae Danicae*）中的一位复仇者，伊丽莎白时代的读者可能是通过弗朗索瓦·德·贝勒福雷（François de Belleforest）在《悲剧故事集》（*Histoires* *tragiques,* 1570）中的重述而熟悉这个人物的。在贝勒福雷的故事中，葛特露德在谋杀事件之前就无疑与其丈夫的弟弟私通了，她自己亦被怀疑参与谋杀。戏中戏演员关于特洛伊沦陷的台词受到克里斯托弗·马洛（Christopher Marlowe）《迦太基女王狄多》（*Dido Queen of Carthage*）剧本语言的影响。哈姆莱特的哲理思考有时类似米歇尔·德·蒙田（Michel de Montaigne）《随笔集》（*Essais*）的腔调，但有关此点的直接联系尚未获得证实。

文本：第一四开本出版于 1603 年，原题为《丹麦王子哈姆莱特悲剧史。编剧：莎士比亚。曾由陛下之仆在伦敦城内上演多次，也曾在剑桥和牛津两所大学及别的一些地方上演》。其剧文比后来的若干文本要短得多，并且有许多地方行文混乱，看起来像是根据某个演出脚本复写出来的。和后来的文本相比，有些区别十分明显（例如，波洛纽斯叫作柯拉姆比斯 [Corambis]；"死，还是生"这段台词及有关"修女院"的对话是和有关"鱼贩子"的对话放在一起的，而不是在戏中戏演员来到宫廷之后）。但有些舞台提示是很有价值的（例如，在发疯那一场中，"奥菲利娅上，边弹竖琴边唱歌，长发披散垂肩"）。第二四开本出版于 1604/1605年，显然是一个"经作者授权"的文本，意在代替掉第一四开本，这可以从它的标题页声明看出："新版，内容倍增，来源谨据真本与善本。"多数学者认为，该文本源自莎士比亚的手稿；这样长达 4000 多行的文本不可能以足本方式上演。1623 年第一对开本好像是按照剧院的提词本或是其手抄本来排印的。它比第二四开本有更多的舞台提示语和相当多的文字变化：大约出现了 70 行新内容，同时大约有 230 行属于四开本的内容不见了，包括哈姆莱特最后的一个主要独白"啊，所有的一切都在控诉我"——在第一对开本中，他并未在那儿亲睹福丁布拉斯的军队。数百处异文强有力地表明，第二四开本和第一对开本代表着该剧不同的演出阶段。有些学者认为修正是有系统地进行的（例如对于哈姆莱特与罗森格兰兹和吉尔登斯吞的关系有微妙的更动），但这些改动也可能只是愈益增多但杂乱无章而已。考虑到若干重大差异，异文合并的编辑行为最近已经被批得声名狼藉。这种编辑行为始于尼古拉斯·罗（Nicholas Rowe），他把第二四开本最后的独白硬插入 1709 年他那个以第一对开本为基础的版本。我们编辑的是第一对开本文本，但也把四开本专有的剧文（经编注后）单独附于文本之末。虽然第一对开本似乎是按剧场稿本来排版的，但它也受到四开本传统的影响。因此，当第一对开本剧文明显有误时（此类现象时有发生），现代版的第一对开本自然可以从四开本的种种异文有所获益了。

乔纳森·贝特（Jonathan Bate）

哈姆莱特

哈姆莱特，丹麦王子

国王（克劳迪斯），丹麦王，哈姆莱
　特的叔叔

鬼魂（老哈姆莱特），前丹麦王，哈
　姆莱特之父

葛特露德，丹麦王后，哈姆莱特之母

波洛纽斯，丹麦御前大臣

雷欧提斯，波洛纽斯之子

奥菲利娅，波洛纽斯之女

雷奈尔多，波洛纽斯的仆人

霍拉修，哈姆莱特的同窗好友

罗森格兰兹 ⎫ 二朝臣，哈姆莱特
吉尔登斯吞 ⎭ 的昔日同窗

伏提曼德 ⎫ 赴挪威使臣
考尼律斯 ⎭

马塞勒斯 ⎫ 王家卫队的岗哨，似亦
巴纳多 ⎭ 为哈姆莱特和霍拉修的
　同窗好友

弗兰西斯科，另一王家卫队岗哨

奥斯里克，一朝臣

演员，即致辞者、饰王者、饰后
　者、饰琉西安纳斯者

福丁布拉斯，挪威王子

一队长，隶属挪威军队

二小丑，掘墓者及其同伴

二信差

一水手

一教士

英国使臣

大臣、兵士、侍从、仆人及雷欧
　提斯追随者各数人

第一幕

丹麦埃尔西诺王宫城堡守望台上

巴纳多与弗兰西斯科两个岗哨上，迎面相遇

巴纳多　　　　来者何人？

弗兰西斯科　不，你先回答。站住！口令？

巴纳多　　　　吾王万岁！

弗兰西斯科　巴纳多吗？

巴纳多　　　　对。

弗兰西斯科　你真准时，不差一分。

巴纳多　　　　都敲过十二点了。睡觉去吧，弗兰西斯科。

弗兰西斯科　谢谢你来换岗。这天冷得要命，

　　　　　　　我真是感到恶心透顶。

巴纳多　　　　岗位上没啥动静？

弗兰西斯科　连老鼠也不吱声。

巴纳多　　　　那好，晚安。

　　　　　　　要是路上见到我的搭档霍拉修

　　　　　　　和马塞勒斯，催他们快点行进。

霍拉修与马塞勒斯上

弗兰西斯科　好像是他们的声音。——站住！来者何人？

霍拉修　　　　本邦老友。

马塞勒斯　　丹麦忠臣。

弗兰西斯科　祝两位晚安。

马塞勒斯	再见，诚实的军人。谁接你的岗？
弗兰西斯科	巴纳多替下了我。祝一夜安康。

弗兰西斯科下

马塞勒斯	嗨，巴纳多！
巴纳多	嗨，我说呢，是霍拉修到来？
霍拉修	残躯犹在。[1]
巴纳多	欢迎你，霍拉修；欢迎，好马塞勒斯。
霍拉修	怎么，那玩意儿今晚上再次出现？
巴纳多	我什么也没有看见。
马塞勒斯	霍拉修说那不过是我们的幻影。
	这种事儿他根本就不肯相信，
	尽管这景象可怖，我们曾两番亲睹：
	所以我横说竖说，务劝他亲临其境，
	要他今晚跟我们一同夜戍。
	倘若那东西果真再次现形，
	他可以作证，还可亲问详情。
霍拉修	嘿，嘿，它才不会出现呢。
巴纳多	你可稍坐片时，
	尽管你对我们这两晚看到的东西
	完全充耳不闻，我们还是
	要对着你的耳朵再说一次。
霍拉修	好好好，坐坐坐，
	听巴纳多还要怎么说。

---

1 残躯犹在（A piece of him）：根据《阿登版莎士比亚》（*The Arden Shakespeare*，后文简称《阿登版》）注，在黑暗中霍拉修伸出一只手（piece 的字面意思）。但也许这儿的意思是霍拉修暗示夜晚太冷了，把他的身体都冻得僵硬成一坨了，甚至都冻得萎缩了，只剩些碎片了。这是一句幽默话。诸家解释不一。——译者附注

巴纳多	昨晚也正是在这个时辰，
	那同一颗现正辉耀天际之星，
	向北极星西边缓缓运行，
	那时节，敲响了午夜一点的钟声，
	马塞勒斯和我——
马塞勒斯	住口！安静！

鬼魂上

	瞧，它又来了！
巴纳多	和已故的先王有同样的身形。
马塞勒斯	霍拉修，你学问大，你去跟它说话。
巴纳多	难道不像先王吗？仔细瞧呀，霍拉修。
霍拉修	太像了！真叫我又惊又怕。
巴纳多	它要我们跟它说话。
马塞勒斯	霍拉修，你去盘问它。
霍拉修	你是何方妖魔，竟敢非法披上
	已故丹麦王征战时英武的戎装，
	擅自在这深夜时分出没？
	凭上苍名义，我命令你，讲！
马塞勒斯	你触犯它了。
巴纳多	瞧，它扬长而过。
霍拉修	不要走！说话！我命令你，快说！　　　　鬼魂下
马塞勒斯	它去了，不肯回答。
巴纳多	怎么，霍拉修？你脸色惨白，浑身哆嗦。
	这一回总该不是什么幻象？
	这事儿你怎么看、怎么想？
霍拉修	上帝作证，若非我亲睹
	这活灵活现的场景，

　　　　　　　我可能真不敢相信。

马塞勒斯　　它不是像已故先王吗？

霍拉修　　　就如你像你自己一样。

　　　　　　　他曾迎战野心勃勃的挪威王，

　　　　　　　披挂上阵时正是这一副戎装。

　　　　　　　他也曾对恼人的谈判报以同样

　　　　　　　怒容，将长戟猛然插在冰上。

　　　　　　　真是怪事。

马塞勒斯　　如是两次，在夜深人静时分，

　　　　　　　它威武地在我们面前穿行。

霍拉修　　　这事儿我还想得不具体、鲜明，

　　　　　　　但我总是隐约感觉这是个预兆，

　　　　　　　我们的国家恐怕会有祸乱发生。

马塞勒斯　　好，坐下吧。还望知情者相告，

　　　　　　　为何要这样森严地站岗辛劳，

　　　　　　　夜夜骚扰，使军民不得安息？

　　　　　　　为何要天天这样赶造铜炮，

　　　　　　　不惜重金购置国外的枪刀？

　　　　　　　为何要征召船匠，加班加点，

　　　　　　　忙得他们星期天也不得逍遥？

　　　　　　　流汗的匆忙和夜以继日的艰辛

　　　　　　　与何种燃眉之急 [1] 相互应照？

　　　　　　　谁，谁能说得明了？

霍拉修　　　我倒可以透露点风声，

　　　　　　　至少目前有这样的传闻：你们知道，

1　What might be toward 中的 toward，指 impending/afoot（迫在眉睫的，不对劲的）。

已故的先王——刚才还显形于前——
曾经接受挪威福丁布拉斯的挑战，
那挪威王耀武扬威，不可一世[1]，
可我们的老哈姆莱特，勇冠群雄——
真可谓人见人赞、英名齐天——
将挑战者当场腰斩。按当年
据律例和骑士精神订立的契约，
挪王殒命，其所辖土地便成胜方地盘。
我们王上的赌注也是等量的国土，
若福丁布拉斯决斗场上夺冠，
那国土也就成为挪王的财产。
正是按照同一契约的明文规定，
老哈姆莱特成了挪王土地的主人。
而今，这个未经调教的鲁莽之夫，
这个福丁布拉斯小子，趾高气扬，
在挪威边界，东一处、西一处，
四面鼓噪，啸聚亡命之徒，
诱以衣食，驱使这帮臭味相投者
为之卖命而作不轨之图，
胃口还真是不小，其野心——
在朝廷看来，确实昭然在目——
无非是要诉诸武力和强迫性条件，
使其先父所失的土地物归旧主。
举国岗哨林立，乱象纷陈，
我方备战的主要动机，

---

1 Thereto pricked on by a most emulate pride 这一行指的是福丁布拉斯，不是指老哈姆莱特。

千头万绪，据我所知，
其根本原因就在于此。

鬼魂重上

等等[1]！瞧！看！它又来了！
我得镇住[2]它，哪怕惹火烧身。站住，幽魂！
假如你能发出声音，开口说话，
说给我听。
假如有任何善事可以施行，
能安息你亡魂，增添我福德，
说给我听。
假如你暗察国家命运——
靠你的先知，或可趋福避祸——啊，说给我听！
或者你曾将生前聚敛的不义之财
置于地穴地宫之内，掩埋深深（↓鸡鸣↓）——
听人言，你们将为此化作难安的游魂——
那就说出来吧，不要走，快说！——拦住它，马塞勒斯。

马塞勒斯　要不要我用我长矛刺它？
霍拉修　刺吧，它不站住就刺它。（他们试图持矛相刺）
巴纳多　它在这儿！
霍拉修　它在这儿！
马塞勒斯　它去了！　　　　　　　　　　　　　　　鬼魂下
它这样威武庄严，我们却粗暴地
以枪矛相逼，这真是大大的不敬；

1　原文 soft 意为"等等"（wait a moment）。
2　原文 cross 意为：（1）向……挑战；（2）对着它（鬼魂）画十字；（3）在其途中拦截它（据信这样做有可能让拦截者受到邪恶魂灵的伤害）。

它像空气一样，本就刀剑难伤，
我们徒然攻击，假装义愤却成笑柄。

巴纳多　　它正要说话，雄鸡叫了。

霍拉修　　于是它像戴罪者听到可怕的传唤，
倏然惊魂。曾听人说起，
雄鸡乃号角用于司晨，
它一旦亮开高亢尖厉的嗓门，
便将白昼之神唤醒；警号声响处，
无论海中、火里、地下、空冥，
有罪的浪游魂灵必定即刻回避，
迅归被监禁之所：刚才的情形
业已证实此话当真。

马塞勒斯　这个鬼魂正是在鸡鸣时消隐。
有人说，每次在这个时分，
当圣诞节庆即将来临，总会
响起彻夜长鸣的报晓鸡声。
这时，据传说，没一个幽魂敢游荡在外，
夜气清新，连星宿也不敢以灾祸害人，
仙家停咒，妖巫法术失灵，
那真是神圣时节，祥和万分。

霍拉修　　同样传说我也曾与闻，暗有几分相信。
不过，请看，晨曦披着橙红的纱巾，
凌步东际高山的轻露而来。
是下岗的时候了，我有一言，请听：
我们且把今夜所见禀告哈姆莱特王子，
我以生命起誓，眼下这个幽灵
虽对我们噤口，却必有话对王子倾诉。

凭交情，论责任，我们都该告以实情，

不知诸位对此建议是同意还是否定？

马塞勒斯　　我同意，就这么办，我还知道，

今天上午要与他会面，什么地方最好。　　　　　　众人下

第二场　　/　　第二景

埃尔西诺王宫城堡内一室

丹麦国王克劳迪斯、王后葛特露德、哈姆莱特、波洛纽斯、雷欧提斯及其妹

妹奥菲利娅、伴驾的众大臣上

国王　　　　王兄崩逝，

记忆犹新，

我辈理当铭心追怀，

举国上下，共悼同哀。

然人情与理智相权衡，

我辈最宜节哀顺变，

勿忘尚有重任在身。

故朕与兄嫂，当今王后，

战云相逼之帝业继承人，

今日共结连理，所谓悲中举乐事，

一眼零泪，一眼强欢，

丧葬杂喜色，婚曲夹哀吟，

悲喜交集，福祸平分。

朕曾将婚姻等事，征询众卿，
承蒙诸贤臣一致首肯，
本王与王后，于此谨表谢忱。
今有一事，诸位谅已知悉，
挪威小王子，以我王朝软弱可欺，
或竟谓我亲密之王兄新逝，
本朝便冰泮瓦解、离析分崩。
加之此人妄自尊大，谬怀异心，
近期频频来函，骚扰王廷，
竟要求归还其先父割让之土地；
然那片山河本是朕勇武王兄
依合约理有应得。此事且按下不提。

伏提曼德与考尼律斯上

今有另事，欲与诸贤卿廷议：
朕已修书一封，吁请挪威王，
即小福丁布拉斯叔父，
阻止其侄胆大妄为之举。
此老衰迈多疾、常在床蓐，
自然鲜闻侄子的叵测居心——
须知此子乱集粮草，滥募兵丁，
无异是在使挪威伤财劳命。
故本王专遣您，考尼律斯，
还有您，伏提曼德贤卿，
将国书速速送达挪威老王。
然二位贤卿不得擅权与挪王另有所议，
凡有言行，宜悉遵国书明文所定。（授予国书）
去吧，还望火速登程，尽快复命。

伏提曼德	遵命。我等必依陛下所嘱，恪尽职守。
国王	本王对卿等深信不疑。诚望速去速回！——

伏提曼德与考尼律斯下

好吧，雷欧提斯，你有何事相奏？

你曾对本王提到一个请求；请问何事？

凡所言合于法度，本王必言听计从，

不劳辞费。所求之事，不待你启口，

雷欧提斯，朕岂非总是乐于赐赠？

丹麦王室与令尊关系，

其密切甚于头脑之于心，

其驯顺甚于双手之于口。

你想求什么，雷欧提斯？

雷欧提斯	陛下，

臣但求王上恩准在下重返法国。

臣闻王上加冕盛典，欣然而归，

今庆典已毕，臣已尽忠，

不禁又生缅怀法国之想，

伏望陛下矜悯余情，

玉成赴法之思。

国王	令尊应允否？爱卿波洛纽斯，意下如何？
波洛纽斯	陛下，我已应允；

尚乞陛下恩准，放他去吧。

国王	韶光难得，雷欧提斯，趁你年华正好，

你且将德与才尽情挥洒吧。——

啊，贤侄哈姆莱特，我的儿子——

哈姆莱特　（自语）旧亲加上新亲，有情却似无情。[1]

国王　何故愁云依旧笼罩你身？

哈姆莱特　（旁白？）非也，陛下：——臣沐浴父王骄阳太甚。[2]

葛特露德　好哈姆莱特，脱掉你的黑孝服[3]，

看王上时要用和颜悦色的目光；

别总是垂首低眉，望破黄土，

寻觅你已然逝去的高贵父亲。

天下谁人不知：生者必死，

浮生度尽，便是茫茫永恒。

哈姆莱特　嗯，夫人，此事人所周知。

葛特露德　既然人所周知，

你为何似乎过分在意？

哈姆莱特　"似乎"，夫人？不，我不懂何谓"似乎"，

我是真在意；好母亲，这黑色的孝服，

这墨袍，这合符丧礼的穿戴，

这短叹长吁，欲吐却吐不出，

盈眶的热泪如江河奔流，

沮丧的脸上满是悲苦，

此外尚有示现哀伤的形式无数，

1　原文为 A little more than kin and less than kind。克劳迪斯娶哈姆莱特母亲葛特露德后，其与哈姆莱特的关系便二重化了：既是哈姆莱特叔父，亦是哈姆莱特父亲。故"旧亲加上新亲"。但是这种关系给人的感觉是不自然、不真诚的。故"有情却似无情"。此行"自语"二字系译者参考其他版本所加。——译者附注

2　原文为 I am too much i'th'sun。此处双关在于 sun（太阳）与 son（儿子）谐音。哈姆莱特不堪忍受做叔父的儿子（son），亦不满国王（sun 太阳）对自己约束太多。同时此处也是对上文"愁云"（clouds）说法反唇相讥：不是阴云太多，而是骄阳过盛。——译者附注

3　黑孝服（nightly colour）：此处双关，亦指哈姆莱特脸上阴郁的表情。前文克劳迪斯的 the clouds（乌云，愁云）亦双关，指哈姆莱特脸上的阴郁表情。——译者附注

这一切难达我真情；它们才是"似乎"，
才是人人可扮演的动作老套路，
而我郁结中心的凄苦却表而难臻，
这墨袍、这孝服，徒有志哀的虚名。

国王　哈姆莱特，你为乃父恪尽孝道，
足见你天性可敬可亲，
但须知乃父曾失父，
失父之父还曾失父。
幸存者理当举丧示悲，
服丧者必按期服丧不违。
倘若一味哀而不节，此非真虔敬，
只是冥顽透顶；非大丈夫所为！
此乃逆天命而一意孤行，
心胸未健，理智浮躁，
虑事过于简单，涵养缺少调教。
我们既明知那是势所必然之事，
像一切日常琐碎尽人皆知，
又何苦与之赌气较劲，
偏要刻骨铭心？唉！此乃悖天理，
悖死者，悖人情。
诉诸理性，此种执着更荒谬绝伦，
因理性有其惯例：老父必死；
自天下首具父尸至今日谢世父体，
理性总厉声高叫："必须如此。"
朕望你抛却这无益之悲楚，
权把我当作你的生身之父；
本王将晓谕天下，你，哈姆莱特，

是承继丹麦王位的直接王储；
凡亲生父施与亲生子的高贵之爱，
我将全部施加于你，不减分毫。
你意欲继续求学，重回威登堡，
与你父王、母后的愿望大相径庭；
听我们劝告，委屈吧，留在京城，
使我们得享亲睹你面容的眼福和欢欣，
你是贤侄、太子、兼朝廷首席大臣。

葛特露德　哈姆莱特，别让母亲白白地祈求祷告，
我求你留在我们身边，别去威登堡。

哈姆莱特　我一定尽力满足您的心愿，夫人。

国王　啊，这话回答得恰当又中听；
一定要留在丹麦和我们共处同尊。——
贤妻，来。哈姆莱特的许诺出于恭顺，
真让我心里快慰。庆贺吧，
丹麦王今日一觞一饮，祝酒欢声，
必以巨炮之轰隆送达霄汉，
让天庭应和着王廷的豪饮，
一次次回响着地上的雷鸣。啊，来吧。

众人下。哈姆莱特留场

哈姆莱特　啊，唯愿这太过坚实之躯会融化、
分解、消散，终成一滴清露！
唯愿永生之上帝未曾制定律法：
禁止人类自屠！上帝啊！上帝！
这浮生万象在我的眼中
竟如此可厌、乏味、无用而又陈腐！
呸！呸！这只是无人耕耘的废园，

唯俗物与毒莠偏拥挤在其中栖住。

想不到啊，居然堕落到如此地步！

刚过世两月！不，连两月还不到！

如此绝代君王，和眼下这一个相比，

何止天神色魔之别[1]；对母后的恩宠，

使他甚至不愿天风骚扰她的清容。

天地啊！我非得想起这些事吗？

吁！她曾那样搂抱依偎着父王，

好像越吃得多，食欲反倒越强，

可是，一月未满——唉，不能再想！

见异思迁[2]啊，你的名字就是妇人！——

一月未到，连送葬时的鞋子还完好如新，

当初尾随可怜老父尸体的她，

亦曾泪雨滂沱。呀！她就，她竟——

天啊！即便是畜牲，缺乏理性，

也会有更久的悲情——她竟与我叔父成婚，

虽是叔父却一点不像我的真父，

正像我不像赫刺克勒斯[3]。一月未满？

等不及了，哭得红肿的双眼

1　原文为 that was to this / Hyperion to a satyr（有如许珀里翁与萨堤耳斯的区别）。许珀里翁为希腊神话中的提坦神，亦是太阳神；萨堤耳斯为半人半羊的生灵，往往与淫荡行为相联系。——译者附注

2　原文 frailty 诸译本多作"脆弱"，亦可。此处取《阿登版》注，frailty 有 lack of constancy（变化无常，见异思迁，不忠诚）之意。此种用法是莎士比亚时代厌恶女性者较为典型的用法。据上下文，此词在这里更多地是指王后经不起诱惑而见异思迁。又据《牛津英语大词典》，frailty 可指 instability of mind, liability to err or yield to temptation（思想动摇不定，动辄得咎或屈服于诱惑），故此处灵活译作"见异思迁"。——译者附注

3　赫刺克勒斯（Hercules）：希腊神话中的著名英雄、大力士，完成了十二项丰功伟绩。

　　　　尚未流尽虚情假意之泪，
　　　　她就嫁人了。啊，这样的速度，狼心狗肺，
　　　　如此迫不及待地钻进乱伦的衾被！
　　　　这绝非好事，也绝不会有好的收场：
　　　　破碎吧，心房；我必须掩口不声张！

霍拉修、巴纳多与马塞勒斯上

霍拉修　　　殿下安康！

哈姆莱特　　幸会幸会，别来无恙。
　　　　　　　呃，是霍拉修？——当然忘不了你。(认出他来)

霍拉修　　　正是，殿下；您永远卑微的仆人。

哈姆莱特　　阁下，应该是好朋友；我愿意和你换名分。
　　　　　　　离开威登堡何干，霍拉修？——马塞勒斯！

马塞勒斯　　殿下万福。

哈姆莱特　　(对巴纳多)很高兴看见你。——你好，朋友。——
　　　　　　　(对霍拉修)可你怎么会离开威登堡呢？

霍拉修　　　逃学的老习惯改不了嘛，殿下。

哈姆莱特　　我不想听到你的仇人这样说你，
　　　　　　　也不想让你这样坑害我的耳根，
　　　　　　　硬要它接受你对自己的诽谤；
　　　　　　　我知道你不是一个逃学的人。
　　　　　　　请问，来埃尔西诺究竟何事？
　　　　　　　这次定把你灌醉，你休想逃离。

霍拉修　　　殿下，我来参加您父王葬礼。

哈姆莱特　　看老同学面上，别把我挖苦讽刺；
　　　　　　　你大驾光临想是为参加我母后婚礼。

霍拉修　　　真的，殿下，这两码事离得太近乎。

哈姆莱特　　节约，省钱，霍拉修，葬礼后残羹冷饭，

　　　　　　　正可铺排作婚礼上的盛筵。
　　　　　　　真不想经历那一天，
　　　　　　　倒情愿在天上把仇人见，唉，霍拉修。
　　　　　　　我父王——我似曾亲睹父王面。

霍拉修　　　啊，在什么地方，殿下？

哈姆莱特　　霍拉修啊，在我的心眼。

霍拉修　　　我见过你父亲，真是位堂堂国君。

哈姆莱特　　横看竖看，他都是堂堂男子汉；
　　　　　　　今生此世，若要第二个难上难。

霍拉修　　　殿下，我想我昨天晚上看见他。

哈姆莱特　　看见谁？

霍拉修　　　殿下，看见您父王。

哈姆莱特　　我的父王？

霍拉修　　　不要惊骇，不要慌张，
　　　　　　　殿下，请倾耳听我说端详，
　　　　　　　两位君子可作证，
　　　　　　　怪事一大桩。

哈姆莱特　　老天在上，快讲快讲。

霍拉修　　　一连两夜，这两位军曹，
　　　　　　　马塞勒斯和巴纳多，都在值岗，
　　　　　　　二人在万籁俱寂的午夜守望，
　　　　　　　曾目睹一个人影，宛然你父亲模样，
　　　　　　　显现于前，从头到脚，全身戎装，
　　　　　　　他步伐庄严、缓慢而又堂皇，
　　　　　　　三度在他们身旁走过，
　　　　　　　使得两位军曹错愕惊慌，
　　　　　　　那鬼魂所持权杖几可碰到他们身上，

吓得筋骨酥软的军士，呆若木鸡，
张口结舌，对之竟无片言可讲。
他们密告于我，犹带惊魂未定的思绪。
我于是在第三夜陪同守望，
果真如此，那鬼魂再度登场，
时间、地点、形象，如所传言，
丝毫不爽。我熟悉令尊的面孔：
那鬼魂酷肖先王，恰如我这左右手一样。

哈姆莱特　究竟在什么地方？

马塞勒斯　殿下，在我们守望的平台上。

哈姆莱特　诸位竟未曾对它说话？

霍拉修　殿下，我说啦；
可它没有回答。它似曾昂起头颅，
那神态仿佛要开口倾诉；
可突然此时晨鸡啼晓，
它便闻声匆匆而去，
即刻踪影全消。

哈姆莱特　这真蹊跷。

霍拉修　殿下，我发誓，此事千真万确，
我等认为按尽忠的职守，
应向您通报。

哈姆莱特　说得是，诸位老兄；此事很让我困扰。
请问，诸位今晚仍旧值岗？

马塞勒斯与巴纳多　是的，殿下。

哈姆莱特　你们说它"全身戎装"？

马塞勒斯与巴纳多　是的，殿下，"全身戎装"。

哈姆莱特　从头到脚？

马塞勒斯与**巴纳多** 从头到脚,殿下。

哈姆莱特 那么你们没看见它的脸吧?

霍拉修 啊,看见的,殿下;它的面盔是掀开的。

哈姆莱特 怎么样,它瞧上去皱着眉头吗?

霍拉修 它脸上的表情哀伤多于愤怒。

哈姆莱特 惨白还是红润?

霍拉修 惨白至极。

哈姆莱特 它的眼睛盯着你看吗?

霍拉修 一直盯着我看。

哈姆莱特 我要是当时在场就好了。

霍拉修 那你一定会惊骇万分。

哈姆莱特 很可能,很可能。它停留得久吗?

霍拉修 如果不快不慢地数数,大概可以数到一百。

马塞勒斯与**巴纳多** 还要久一点,还要久一点。

霍拉修 我看见它的时候,是这么久。

哈姆莱特 它的胡须是花白的,不是吗?

霍拉修 是花白的,正像生前看见的那样,
乌须里夹杂着白须。

哈姆莱特 今晚我也要守望去;它很可能还会出来。

霍拉修 我担保它一定会出来。

哈姆莱特 假如它还借我父王高贵模样,
我必要问个端详,纵然是地狱敞口,
不许我声张。诸位仁兄啊,
倘若你们至今未曾漏真相,
万望诸君继续噤口莫张扬。
今夜里管它发生千般情状,
只请锁在深心,万勿放在唇上。

今蒙厚爱，终当报偿。好，再会；
午夜十一点至十二点之间，
平台上见。

众人　　　　一切听从殿下差遣。　　　　　　　　除哈姆莱特外众人下

哈姆莱特　　不敢，只但愿我等相互体谅。
再会！父王魂灵着戎装？此大不祥。
我思量内中必有邪恶勾当。夜啊，
请把帷幕速降，我待静心暗暗查访，
纵深深黄土，怎掩得罪恶昭彰！　　　　　　　　　　　下

第三场　　/　　第三景

埃尔西诺王宫城堡内另一室
雷欧提斯与奥菲利娅上

雷欧提斯　　再见了，妹妹，行李件件
已入舱，但有好风利行船，
船递家书得方便，
莫贪睡，总把音信传。

奥菲利娅　　兄长还不放心？

雷欧提斯　　小献殷勤，是哈姆莱特王子所好，
你须看作逢场作戏，心血来潮。
岂不闻初春紫罗兰，
早熟，早凋；香易吐，香易消；

去也，只落得片刻妖娆。

奥菲利娅　　不过如此吗？

雷欧提斯　　我看你死了这心一条；
人身渐长，扩展的虽是躯体之庙[1]，
却不是只长筋骨身板，
那头脑与心魂亦随着升高。
他或许今日以爱心相许，
情真意切，纯念未染欺诈分毫；
可你得当心：王子绝非平头百姓，
其思想意志，非由他自在逍遥。
他必得服从身世的支配，
不可像庶人那样随意去选去挑。
他的定夺关乎国家安危兴旺，
无论有何抉择，他恰如身体的首脑，
须征得肢体各部赞同方可生效。
倘他对你说，他对你有爱心，
你得私下里好好思忖，
他这话该信到何种分寸。
他有特殊的身份、地位与特权
实践他承诺的话，但最终毕竟
他得受制于丹麦朝野的舆论。
想想，你的名节或许会大损，
假若你过分轻信，沉迷于他的歌声，
心旌摇动，竟架不住死乞白赖的纠缠，
痴向他献出你宝贵的童贞。

1　躯体之庙（temple）：原注意为"灵魂的庙宇"。

奥菲利娅，我的好妹妹，当心啊当心，
情感的防线万不可轻越，
你须远离欲望之箭的危险射程。
守身若玉的少女即便向明月
袒露娇容，也是放荡多情；
贞德难逃谗言的攻击，
蛀虫会断送嫩苗的生存，
纵蓓蕾初放，时在阳春。
年少风华如晶莹的朝露，
却常常招来恶雨瘟风的摧凌。
小心啊，岂不闻欲居安者常思危，
青春气盛，无事时亦难免惹是生非。

奥菲利娅　　哥的苦口良言，我会谨记不忘，
让它像看守，守住我胸膛。可是，哥啊，
你可别像坏心眼儿牧师一样，
引我入荆榛崎岖路，直达天堂，
自个儿却浪荡轻浮，流连在
烟花柳巷，全忘记你此刻
忠言出衷肠。

雷欧提斯　　啊！别为我担心。

波洛纽斯上

我耽搁太久。看，过来人是父亲。
双倍祝福必有双倍福分，
二度告别必有好运天恩。

波洛纽斯　　还没走，雷欧提斯？不像话，上船，快上！
看天风吹送船帆高扬，
只待你把征程上。祝福你，儿郎！

有几句箴言，你可得牢牢铭刻心上：
思想放在心头，不可放在口头。
想法如有漏洞，不可付诸行动。
处事随和，却不可吊儿郎当，
结友交朋，真情谊须经历考验风浪，
但成知己，钢圈一副锁他在你心房。
点头之交，无非泛泛新知面，
握手言欢，不可过度与周旋。
小心翼翼，慎勿涉身斗殴与争执；
一旦卷入，须叫对手知你不可欺。
多听人言，少抒己见；
广纳评议，心存自断。
量财而置盛装，
不宜奇装异服，须贵而不炫不浮；
穿着最见人品，
须学法国名流，大方而不艳不俗。
不做欠户，不为债主；
向人借钱者，
难免不知节俭而浪用；
借钱予人者，常常本钱友谊两落空。
千言万语成一句，理如昼夜相交替：
对自己，勿自欺，
不我欺者不人欺。
去吧，孩子：要得福祉，谨记此番话语！

雷欧提斯　　父亲大人，孩儿就此拜别。

波洛纽斯　　时候不早了；去吧，仆人们都等着呢。

雷欧提斯　　再会，奥菲利娅，你得好好记住我对你的嘱咐。

奥菲利娅　你的话已经锁在我的心房，
　　　　　　心房的钥匙就留在哥哥手上。

雷欧提斯　再会！　　　　　　　　　　　　　　　雷欧提斯下

波洛纽斯　奥菲利娅，他对你说些什么话？

奥菲利娅　回父亲话，他谈到哈姆莱特殿下。

波洛纽斯　嗐，这倒是正该考虑的大事。
　　　　　　听说他近来常私下与你相会，
　　　　　　而你竟有求必应，慷慨奉陪。
　　　　　　有人将此事向我提醒，纯出于善意，
　　　　　　如果属于实情，那我必须告诉你，
　　　　　　身为我名门闺秀，何等言行
　　　　　　才与你身份相配，你似乎茫然不知。
　　　　　　你们之间究竟有何关系？
　　　　　　告诉我，原原本本无所遗。

奥菲利娅　父亲，他最近对我情意绵绵，
　　　　　　曾屡次向我大方奉献 [1]。

波洛纽斯　情意！呸！你的话说明你毫无经验，
　　　　　　毛丫头何曾识得情场危险机关。
　　　　　　你竟信了他，称之为"奉献"？

奥菲利娅　父亲，我不知道这事该如何看。

波洛纽斯　嗐，且听我口授心传：你只是毛孩一个，
　　　　　　见单收款，竟把假货当真钱。你要"献"，

1　大方奉献（tenders）：双关。奥菲利娅指的是哈姆莱特对她大方奉献出真情。波洛纽斯随后
　　却将之理解成是"大方奉献出金钱"。波洛纽斯以为自己的女儿可能已经与哈姆莱特有了肉
　　体关系，哈姆莱特只不过是用钱来买春罢了。——译者附注

就得"献"出个高身价，要不然——
咳，这"献"字儿像马被我累得气快断——
你"献"，只"献"出个大傻蛋。

奥菲利娅 父亲大人，他曾向我求爱再三，
诚恳正经堪称赞。

波洛纽斯 是啊，"正经"架子[1]摆得像。罢了，傻蛋。

奥菲利娅 父亲大人，王子为表诚心迹，
罄尽好言辞，发尽山盟海誓。

波洛纽斯 嗯，圈套已布下，好捉你这蠢山鹬，
我岂不知。欲火中烧心魂乱，
借巧舌，发重誓，何曾惜言辞；
傻女啊，烈焰腾飞，光多于热，
不可当真火，热灭光消在瞬时。
女儿啊，从今后隐在深闺人难睹，
千金贵体待价沽，
任他苦求不应付。
你须知，哈姆莱特是贵人，
若信他，信赖深浅有程度：
他年少风流，行动范围堪远步，
样样你都输。一句话，奥菲利娅，
千般盟誓不可信，只是淫媒物，
表面衣冠楚楚，表里不相符，
实则诱人堕落，醒醍且卑污；
恰如鸨母道貌岸然、满嘴仁德，

---

1 "正经"架子(fashion)：奥菲利娅用"正经"表示哈姆莱特的求爱是按光明正大的方式进行的，
而波洛纽斯却故意将其意思扭曲为逢场作戏的假正经、假姿态。——译者附注

只为行骗有良图。忠言已说尽，
干脆话挑明：自今而后，
不许你糟蹋片刻闲工夫，
休与那哈姆莱特闲聊套近乎。
小心，留神，记住。走吧。

奥菲利娅　　父亲大人，小女谨遵您吩咐。　　　　　　　　同下

第四场　　/　　第四景

埃尔西诺王宫城堡守望台上

哈姆莱特、霍拉修与马塞勒斯上

哈姆莱特　　寒气袭人，可真冷啊。

霍拉修　　这冷气可真是砭人肌骨。

哈姆莱特　　什么时候了？

霍拉修　　可能马上就十二点了。

马塞勒斯　　不，已经敲过钟了。

霍拉修　　是吗？我没听见；那么又到了那个时分，
鬼魂要照例现身。（鼓号齐奏花腔，或亦鸣炮声）
此为何意，殿下？

哈姆莱特　　王上今晚要通宵盛宴，
豪饮助兴，醉舞狂欢。
他每喝下一杯葡萄酒，
铜鼓鸣，喇叭喧，齐声贺：

	王上海量非等闲。
霍拉修	这是本邦习俗吗？
哈姆莱特	唉，是的，是的。
	我虽然土生土长，习以为常，
	对这习俗却并不称当，
	与其遵之，不如其亡。

鬼魂上

霍拉修	瞧，殿下，它来了！
哈姆莱特	保佑我们吧，仁慈的天使、天神！
	管你是善良的精灵还是妖魔鬼怪，
	或乘着天风，或驾了地狱的妖雾，
	或居心险恶，或慈悲为怀，
	你这样的模样令人好费疑猜，
	我要对你说话，称呼你哈姆莱特，
	父亲，丹麦的君王。啊，回答我！
	别让我蒙在鼓里，告诉我：
	你早已发丧入殓的尸骨，
	何以竟能挣破尸衣而出？
	何以你安然入葬其内的墓穴，
	竟能张开沉重的大理石口腔，
	吐你于墓门之外？难以想象，
	你的僵尸竟重披铁甲，
	独行于地表，穿越过清月寒光，
	使黑夜狰狞可怖，令我辈凡夫俗子，
	惊骇而胆破魂飞，猜不透其中玄秘。
	这究竟意味着什么？你说，为的是什么？
	你要干什么？我们，又该如何做？

鬼魂向哈姆莱特招手

霍拉修	它正示意让您跟随着它,
	好像它要对您单独
	说什么话。
马塞勒斯	看,它挺有礼貌地对您招手,
	要您到一个偏僻的地方;
	但您别跟它去。
霍拉修	别去,千万别去。
哈姆莱特	不去它就不肯说话;我还是去的好。
霍拉修	别去,殿下。
哈姆莱特	嗐,何必怕这怕那?
	我并不认为我的生命价值超过一根针;
	至于我的灵魂,它能把它怎么样?
	既然我的与它的都同样永生不灭。
	它又在招手叫我去了;我要跟它去。
霍拉修	殿下,假如它把您诱到海水里去,
	或是领您到可怕的峭壁峰顶,
	俯临大海波涛于千仞壁下,
	它此时突然形貌幻化,恐怖狰狞,
	于是您吓得六神无主,
	变成疯人。您可千万小心。
哈姆莱特	它还在向我招手。——走吧,我跟着你。
马塞勒斯	您绝不能去,殿下。(拽住他)
哈姆莱特	放手!
霍拉修	听我们的劝告,您绝不能去。
哈姆莱特	我的命运在高声呼喊,

使我全身气脉 [1] 偾张，

宛若怒狮身上的筋腱一样坚强。

你还在召唤我吗？——放手，爷们。

我发誓，谁挡我叫谁变成鬼！

你们给我滚开！——走吧，我跟着你。　　鬼魂与哈姆莱特下

霍拉修　　幻象支配了他，他不顾一切了。

马塞勒斯　我们跟上去；这事儿不能由着他的性子来。

霍拉修　　好，跟住他。会出什么事儿呢？

马塞勒斯　丹麦有些事情好像不太妙。

霍拉修　　诸事自有天命。

马塞勒斯　不行，快跟上去。　　　　　　　　　　　　　同下

第五场　/　景同前

鬼魂与哈姆莱特上

哈姆莱特　你要领我到什么地方？说，我不往前走了。

鬼魂　　　听我说。

哈姆莱特　我听。

鬼魂　　　我停留在此的时限快到，

1　气脉（petty artery）：诸译本均理解为微细的血管；而根据皇家版《莎士比亚全集》(*The RSC William Shakespeare: Complete Works*, 后文简称《皇家版》)的注释，脉管中输送的不是血液，而是一种虚灵的、称之为"精气/神"（vital spirit）一样的东西，译者认为这种 vital spirit 极似传统中国所称呼的"气"、"真气"、"精气"等，故译作"气脉"。——译者附注

	我必须回到硫黄的火焰里 接受煎熬。
哈姆莱特	唉，可怜的亡魂！
鬼魂	别可怜我，我只要你倾听 我行将披露的音讯。
哈姆莱特	说吧；我本来就要听。
鬼魂	你听了我的话，就得为我复仇。
哈姆莱特	什么？
鬼魂	我是你父亲的亡魂， 被判在夜间限时独行， 白昼则在火焰里接受熬煎， 直到生前罪孽最终烧毁净尽。 若非被禁止将地狱中的秘密外泄， 我可以披露一二详情，则微言片语 足令你魂飞魄散，热血凝冰， 使你双眸似星球脱轨， 使你纠结的卷发松散离分， 根根于头皮上直立， 森然若豪猪怒刺如林； 可这长劫世界之秘，岂可向 凡胎肉体宣示。听啊，哈姆莱特，你听着！ 假如你曾真爱过你亲爱的父亲——
哈姆莱特	老天啊！
鬼魂	你就得为他的惨遭谋杀报仇雪恨。
哈姆莱特	谋杀？
鬼魂	谋杀乃大罪，即便理由充分； 而这件谋案，最伤天害理、骇人听闻。

哈姆莱特	快！快让我知晓内情。我将插翅腾飞， 疾如念头，迅如情思， 扑向我的仇人。
鬼魂	你反应敏捷； 如果你闻讯而居然无动于衷， 则你比扎根于忘川[1]河畔的肥壮野草 还要迟钝。现在，哈姆莱特，你听着。 流行的传言，说我在花园里睡觉的时候， 一条蛇将我咬死。于是全丹麦的人 都被这条捏造的死讯欺骗； 可你要知道，高贵的年轻人， 那毒蛇夺走了你父亲的生命， 而今却王冠在身！
哈姆莱特	啊，我早就有此预感！我的叔父！
鬼魂	对，正是那个乱伦通奸的畜牲， 心机险诈，有着叛逆的本性—— 啊，凭借邪恶的才智，他竟赢得 我那貌似贞洁的王后的欢心， 使他得以满足无耻的兽欲。 啊，哈姆莱特，何等的变节与堕落啊！ 对您的母亲，我也曾 在婚礼时立下重誓， 我的爱，始终如一，纯洁精诚， 而曾几何时，她竟沦落委身于 这个坏种，讲天赋，比才情，

---

1 忘川（Lethe）是古希腊神话中的冥界河流，饮其水者失去记忆。

岂可与我相提并论!
天生贞德,纵然色欲假扮了天神来诱惑,
也绝难撼动她的心旌;
本性淫荡,即便与光明天使为伴,
亦难免餍足天堂的床笫之欢
而投怀于尘凡的枯骨。
可是,等等,清晨之气息似扑鼻而来,
我得长话短说。我惯于每日下午
独眠于我的庭园之内,而你的叔父
趁我熟睡无备之机,偷进庭园,
手拿一瓶可致人皮肤溃烂的毒液,
悄悄地注入我的耳鼓。
那药性一旦发作,会像四溢的水银,
穿越全身,流注大小关窍,
如酸液凝结牛乳,令清纯的血液
敛结成块,一如我当时的血脉——
立刻,我全身光滑的肌肤
迸生出疱疹无数,像麻风病人,
全身的表皮斑驳陆离,
真是可怕可憎。
这就是我,梦中人,
被自己兄弟之手
一举夺走了生命、王冠和王后,
甚至未临终忏悔,受圣餐,涂圣油,
清债务,就一无准备地一命呜呼,
背负着浑身罪恶
去对簿阴曹地府。

可怕啊，可怕！可怕到极顶！
假如你天性未泯，不可隐忍于心，
丹麦王的御榻上再不能容忍
淫荡与乱伦肆意横行。
但无论你采取什么行动，
你要动机纯正，也不可算计你的母亲，
让老天裁判她吧，让她胸中的
千针万刺，刺击她的良知。
我要即刻离去；黎明近了，
因为萤火虫的微光
已渐渐消亡。再会，再会！
哈姆莱特，你要把我记在心上。 下

哈姆莱特 天上的一切神明啊！大地啊！还有呢？
还加上地狱吗？啊，呸！忍住，我的心！
我全身的筋骨呀，你们不要顷刻老化，
请强支撑我的身躯吧。把你记在心上？
当然啊，可怜的亡魂，只要我这混乱的头颅
还有记忆的能力。记着你吗？
当然，从我的记忆的心板上，
我要抹掉一切琐碎无聊的记录，
一切书面格言，一切公式，
一切少年时代留下的印象。
我只让你的命令单独留存，
留存于我脑海的书卷中，
不掺一点杂料：啊，是的，老天在上！
最恶毒的妇人啊！
奸贼，奸贼啊，笑面虎式的万恶奸贼啊！

我的记事本呢?

我的记事本!对,这点得记下来:

人可以满脸笑容堆,满肚是坏水;

至少我确信丹麦有这种人。(写)

好,叔父,我把你记在本子上了。现在,

记下我的座右铭:"再会,再会!记住我。"

我已经发过誓了。

霍拉修与马塞勒斯 (幕内)殿下!殿下!

霍拉修与马塞勒斯上

马塞勒斯　哈姆莱特殿下!

霍拉修　老天保佑他!

马塞勒斯　但愿如此!

霍拉修　喂,嗬,嗬,殿下!

哈姆莱特　喂,嗬,嗬,孩儿!来吧,鸟儿,来。[1]

马塞勒斯　情况如何,殿下!

霍拉修　怎么回事,殿下?

哈姆莱特　啊!匪夷所思,匪夷所思!

霍拉修　好殿下,告诉我们吧。

哈姆莱特　不,你们会走漏风声的。

霍拉修　不,殿下,指天为誓,我绝不会。

马塞勒斯　我也不会,殿下。

哈姆莱特　那么你们倒说说,这种事儿是人心想得到的吗?

可你们能够守得住秘密吗?

霍拉修与马塞勒斯　指天为证,我们守得住,殿下。

1　此处的"鸟儿"指猎鹰。哈姆莱特应答霍拉修的招呼时,故意用了谐谑的语气,就好像霍拉修的招呼是一个猎鹰饲养训练者(falconer)在招呼他的猎鹰飞回来。

哈姆莱特	全丹麦没有一个大坏蛋
	不是一个坏透了的坏蛋。
霍拉修	殿下，这种话无须让鬼魂
	从坟墓里走出来告诉我们。
哈姆莱特	嗯，说得对，你说得不错；
	所以，我们不要再兜圈子，
	最好就此握别，各自东西，
	大家分头去完成自己的事情和愿望，
	反正人人都有所事，都有所想，
	就这样；至于我呢，看着吧，
	我要去做祷告。
霍拉修	殿下，您说话好像有些神魂颠倒。
哈姆莱特	冒犯你了，我真是打心底里抱歉；
	真的，实话实说，从心底里抱歉。
霍拉修	一点也不冒犯，殿下。
哈姆莱特	不，以守护神[1]名义起誓，霍拉修，是冒犯，
	而且案情严重。说起这个鬼魂，
	我告诉你们，这是个诚实的幽灵；
	你们想知道它和我之间有什么秘密，
	我奉劝二位不必深究。现在，好朋友们，
	你们既然是我的知己，是学者，是军人，
	请允许我以一小事相求。
霍拉修	什么要求，殿下？我们一定言计相从。
哈姆莱特	请永远不要泄露你们今晚的所见所闻。
霍拉修与马塞勒斯	殿下，我们一定不告诉任何人。

---

1 指炼狱守护神帕特里克（Saint Patrick）。

哈姆莱特	那好，你们得起誓。
霍拉修	凭良心起誓，殿下，我决不告诉任何人。
马塞勒斯	凭良心起誓，殿下，我也决不告诉任何人。
哈姆莱特	请按在我的剑柄上起誓。（伸剑）
马塞勒斯	殿下，我们已经发过誓了。
哈姆莱特	我再说一遍，请把手按在我的剑柄上。
鬼魂	发誓！（鬼魂舞台底下叫喊）
哈姆莱特	啊哈！伙计！你也这样说吗？
	你在下面吗，诚实的家伙？——
	来吧；你们都听见地下这伙计怎么叫了。
	请发誓吧。
霍拉修	请说誓词吧，殿下。
哈姆莱特	永不向人泄露你们今晚的所见所闻。
	请把手按在我的剑柄上发誓。
鬼魂	发誓！（两人发誓）
哈姆莱特	"此处、彼处、处处皆存"[1]吗？好，换一个地方。
	（挪动地方）
	过来，先生们。
	请把手按在我的剑柄上：
	永不向人泄露你们今晚的所见所闻，
	请按剑发誓。
鬼魂	发誓！（两人发誓）
哈姆莱特	叫得好，老鼹鼠！你能在地下钻这么快吗？
	好一个挖掘工！朋友们，再挪一个地方。

1 "此处、彼处、处处皆存"：原文是拉丁语 *Hic et ubique*，意思是：(1) 这个地方和所有的地方；
　(2) 无所不在。——译者附注

霍拉修	咳，怪哉，怪哉！不可思议地怪哉！
哈姆莱特	那就见怪不怪，尊之为客吧。

（旁白。对霍拉修？）霍拉修，天地间有无数稀奇之事，
远非我们的哲学[1]梦想所可企及。——
来吧，就在这儿，就像你们求上帝慈悲一样
再发一次誓。我今后有时，也许，
会有怪异的举止，不论有多么古怪——
你们假如那时看见了我的表现，
绝不可这样叉着手，或者这样摇摇头，
或者含糊其词地咕哝一些语句，
比如"呃，我们懂"，
或"我们想抖搂，就可以抖搂"，
或"只要我们想说"，
或"不怕不会说，只怕不敢说"，
诸如此类闪烁其词的话，表示你们知道我有点什么隐情；
千万别这样。愿上帝的恩惠保佑你们。发誓吧。

鬼魂	发誓！（两人发誓）
哈姆莱特	安息吧，安息吧，躁动烦恼之魂！——好，先生们，

我要推心置腹地拜托二位：
哈姆莱特虽穷愁潦倒如此，
蒙上帝相助，我对二位的厚谊真情，
必重谢有加。我们一起进去吧。
我再恳请你们，时时将此事守口如瓶。

1　哲学：原文 philosophy，现在通译"哲学"。但莎士比亚时代的哲学包含自然科学，可以理解为系统的大学问。——译者附注

当朝世事纷争错位 [1]；唉，噩运堪悲，
奈天命难违，重整乱世，舍我其谁！
来吧，我们且一道同行。 众人下

---

1 当朝世事纷争错位：原文 The time is out of joint，直译为"时代脱节了"。《皇家版》及《阿登版》等都认为 time 有二义：第一义指"一般性的种种事物"（things in general），第二义指"时代"（age）。故译作"当朝世事"。out of joint《皇家版》注为 dislocated, disordered（错位，混乱无序）。故译作"纷争错位"。哈姆莱特暗示王权应嫡传于自己（正位），可其叔父弑君篡位，导致王权旁落，故"错位"。直译"时代脱节了"，亦简洁可读，惜未达"世事"之意。为中国读者计，另意译如上，可与直译并存，互补互彰。
——译者附注

第二幕

第一场 / 第五景

埃尔西诺王宫城堡内一室

波洛纽斯与雷奈尔多上

波洛纽斯　　雷奈尔多，把这钱和这些信交给他。(递过钱与信)

雷奈尔多　　好的，老爷。

波洛纽斯　　好雷奈尔多，你和他会面以前，
　　　　　　　一定先向人打听他的行为，这事儿，
　　　　　　　你可要干得聪明点。

雷奈尔多　　老爷，我本来就有这个打算。

波洛纽斯　　好，说得好，说得很好。你听着，
　　　　　　　先给我查清巴黎的丹麦人
　　　　　　　是些什么人，姓名、钱财、住址、
　　　　　　　朋友、花销；就这么转弯抹角、
　　　　　　　旁敲侧击地问，若他们也认识我儿子，
　　　　　　　你这样问比直截了当地问
　　　　　　　更容易套出实情。你要装出对我儿子
　　　　　　　只是略有所知，比如，你可以说：
　　　　　　　"我认识他父亲和他的朋友，也对他
　　　　　　　稍有了解。"听懂了吗，雷奈尔多？

雷奈尔多　　哎，懂了，懂了，老爷。

波洛纽斯　　你可以说："对他稍有了解，但不大熟；
　　　　　　　但真是这人的话，我知道这人可不检点了，

　　　　　　　总沾染这样那样的习气。"你说到这里时，
　　　　　　　就随便给他编排一点坏话；当然啰，
　　　　　　　你不要编过火了，让他名誉受损——
　　　　　　　千万注意呀——可是你不妨
　　　　　　　提到一般无拘无束的年轻人最容易
　　　　　　　犯的过失，诸如放纵、轻狂等等。

雷奈尔多　　譬如赌钱，老爷。

波洛纽斯　　哎，对了，或是贪杯、斗剑、说脏话、吵嘴、
　　　　　　　嫖娼之类，这都可以编的。

雷奈尔多　　老爷，那会让他名誉受损。

波洛纽斯　　不，不会的，你要尽量把他的过失说得轻微。
　　　　　　　你万不可进一步糟蹋他的名声，
　　　　　　　比如说他是个淫棍；那可不是我的本意。
　　　　　　　你要委婉地提到他的过失，让人家听起来
　　　　　　　只像是豁达不羁而致小疵微瑕，
　　　　　　　只像是心气浮躁而致行为不轨，
　　　　　　　只像是血气方刚而致野蛮粗暴，
　　　　　　　都是常人难免的毛病[1]。

雷奈尔多　　可是好老爷——

波洛纽斯　　为什么要叫你这么做？

雷奈尔多　　对呀，老爷，还请明示。

波洛纽斯　　呃，老弟，我自有妙策，
　　　　　　　我敢说我这招法合理又合情：
　　　　　　　你往我儿子身上稍微泼点脏水，

1　都是常人难免的毛病：《皇家版》注为 by which all men are affected，意为"这种瑕疵影响所及，
　　人所难免"，与中文"人非圣贤，孰能无过"颇相似。——译者附注

就像一件东西不慎染了点污痕。

听着，要是你打探的那个人，

果真看见过那个小青年

犯了你刚才提到的那些罪行，

他必定会首肯，说出下面的话：

"好先生"，或"朋友"，或"某君"，

具体如何称呼，就得看他是什么人、

什么国籍了。

雷奈尔多	很好，老爷。
波洛纽斯	然后他就——他就——呃，我刚才要说什么来着？我本来刚要说什么话的；我究竟说到哪儿啦？
雷奈尔多	您刚才说到"会首肯，说出下面的话"；还有"或朋友"或"某君"。
波洛纽斯	说到"会首肯，说出下面的话"，嗯，这就对了； 他就会首肯，说出下面的话："我认识这位绅士， 我昨天，或者是有一天，还看见他"， 或者如此如此，这般这般，如您所言， 他正在那儿赌钱呢，正在那儿烂醉呢， 正打网球时却跟人家打架呢；或许他会说， "我看见他进了卖那种玩意儿的人家"， 鄙意即[1]：妓院，或是诸如此类的地方。 瞧见了吗？ 你用谎言的钓饵钩住了真相的鲤鱼； 我们这种有智慧的远见卓识之人， 往往用这种拐弯抹角的方法，

---

1 鄙意即：原文是拉丁语 *Videlicet*，意为"也就是说"。

曲径通幽，间接达到目的；
你就按我上面所授机宜，
打探我儿子的情况。你听明白了？懂了？

雷奈尔多　　老爷，我懂了。

波洛纽斯　　上帝保佑你；再会！

雷奈尔多　　再会，老爷。

波洛纽斯　　你得随顺着他的癖性因势利导。[1]

雷奈尔多　　我会的，老爷。

波洛纽斯　　让他觉得弹什么调子还是他定的。[2]

雷奈尔多　　好的，老爷。　　　　　　　　　　　　　　　下

奥菲利娅上

波洛纽斯　　再会了。——啊，奥菲利娅，怎么样？有事吗？

奥菲利娅　　哎呀，父亲，吓死我了！

波洛纽斯　　老天在上，究竟怎么了？

奥菲利娅　　父亲，我正在闺房里忙针线，
哈姆莱特殿下突然来到我面前；
不戴帽，不扣衫，脏袜子缺袜带，
恰如镣铐一团，褪落在脚踝边；
衬衫般白的脸，双膝磕碰打战，
他的表情是那样可怜、凄惨，
仿佛刚刚从地狱里逃离，
想向人讲述那儿的恐怖奇观。

1　原文为 Observe his inclination in yourself.《皇家版》注为 observe his behaviour in person/go along with his inclinations。译文取第二义：随顺他的癖性行事。——译者附注

2　原文为 And let him ply his music.《皇家版》注为 (literally) practice his musical skills/ (metaphorically) go his own way。根据上下文，译文取引申义：让他自行其是。——译者附注

波洛纽斯	他因爱你而发疯了吗？
奥菲利娅	父亲，我不知道，但我真感到害怕。
波洛纽斯	他说了什么？
奥菲利娅	他拽住我的手腕，紧紧不放，

接着身子后退，拉直了手臂，
而另一只手覆在前额之上，
他仔细审视端详我的脸庞，
好像要给我画像。久久，久久，
最后，他轻轻地摇了摇我的胳膊，
昂首，垂头，一共三次，就这样，
他吐出一声哀叹，凄楚而又深长，
仿佛他整个的身躯都已粉碎，
仿佛其生命已消亡；之后他放开我，
转过身子，但他的头却依然回望，
好像他走路全然不用眼睛帮忙，
他就这样一直走到大门之外，
从未移动过注视我的目光。

波洛纽斯　　跟我来；我要去觐见王上。
这明显是恋爱未遂的疯狂；
热恋的本性里就掩藏着自我毁灭，
它牵引着意志走向行动的荒唐，
这就正如天下的一切激情，
总会戕害我们的心性一样。惭愧。
对了，你最近对他是否言辞不敬？

奥菲利娅　　真的没有，父亲；不过我倒是谨遵父命，
拒绝了他的来信，并且不允许他
向我靠近。

波洛纽斯　这就是使他疯狂的原因。

我很后悔自己不够明察，反应迟钝，

没把人看准。我担心他只是在玩弄你，

毁你的清白；我这样多疑，真该死！

看起来我们这种年龄的人，

往往喜欢算计却容易失算，

这就正如年轻人行事

往往不够处心积虑。来，去见王上。

此事务必禀报，若秘而不宣，

其恶果可能更甚于直言而反受抱怨。　　　　　同下

第二场　　/　　第六景

埃尔西诺王宫城堡内另一室

国王、王后、罗森格兰兹、吉尔登斯吞及其他人上

国王　　　欢迎，爱卿罗森格兰兹和吉尔登斯吞。

本王与王后[1]思念卿等甚切甚殷，

然此次不得不匆召二位前来，

只因别有要事；二位或有所耳闻，

哈姆莱特王子忽然一反常态；

1　凡克劳迪斯用 we 处，有时指王上与王后二人，有时指朝廷，有时指国王本人。译文根据上下文灵活处理。——译者附注

朕所谓一反常态者，指其内心
与其外表都与先前大相径庭。
若非丧父之痛，则究竟
何种缘故使他神思恍惚，
朕实在无法测度。二位贤卿
自幼与哈姆莱特相与共处，
对其少时状况与脾气如数家珍，
故朕今有劳二位来宫中小住
数日，望二位陪伴王子，
诱之以乐事，并乘机窥探
朕所不知之王子内心隐秘，
一旦晓悉其致病真相，
朕与王后自有对症下药之方。

葛特露德 二位贤臣，哈姆莱特时常提到你们，
我相信，当今世上二位才是
与王子过从最密之人。
若承蒙二位雅意盛情，
与我们在宫中流连些许时日，
使王上与我初衷有如愿之幸，
则贤卿小留于此，必获重谢，
以示王上垂青。

罗森格兰兹 陛下与王后在上，
臣等唯王室天威是从，
圣上旨令可直宣，不必
屈尊示宠。

吉尔登斯吞 臣等谨遵圣命，
愿拜伏于王上王后足下，

效犬马之劳，

有令必行。

国王　　　　谢谢，罗森格兰兹和好吉尔登斯吞。

葛特露德　　谢谢，吉尔登斯吞和好罗森格兰兹。

我想特意请二位即刻去看顾

我那性情大变的儿子。来人，快，

快领两位绅士去看哈姆莱特。

吉尔登斯吞　老天保佑，但愿我们的出面和交谊活动

能使他开心，并对他有益。

　　　　　　　　　罗森格兰兹、吉尔登斯吞及若干侍从下

葛特露德　　阿门！

波洛纽斯上

波洛纽斯　　启奏陛下，出使挪威的使臣

已欣然回归。

国王　　　　爱卿一到，总有吉事相随。

波洛纽斯　　真的吗，陛下？不瞒陛下说，

微臣恪尽职守有如让自己的灵魂

既效忠上帝，也效忠有德明君。

微臣确信，微臣真的已经发现

王子之所以发疯的根本原因，

除非在国事筹划方面，我这脑筋

已大不如从前那样十拿九稳。

国王　　　　啊！快讲，朕迫切与闻。

波洛纽斯　　请陛下先接见归国使臣；

我的消息权当是宴后佳果点心。

国王　　　　那么有劳爱卿宣使臣觐见。——　　　　　波洛纽斯下

爱妻，波洛纽斯大人说他已发现

你儿子性情突变的前因后果。

葛特露德　　我猜测主要是因为他父亲猝死

　　　　　　　和我们过于仓促的婚姻。

波洛纽斯、伏提曼德与考尼律斯上

国王　　　　好，我们得好好盘问他一下。——欢迎，两位爱卿！

　　　　　　　伏提曼德，我们的挪威王兄有何见教？

伏提曼德　　挪威王对陛下竭诚回报以礼。

　　　　　　　一知悉王上所言，便立刻传谕

　　　　　　　侄儿停止买马招兵；他本以为

　　　　　　　侄儿兵锋所指，志在波兰，

　　　　　　　细加勘查，才知其图谋不轨，

　　　　　　　意在陛下；他痛心自己多病、

　　　　　　　年老、羸弱，竟为人所乘，

　　　　　　　于是传令侄儿即刻悬崖勒马；

　　　　　　　福丁布拉斯受到挪威王痛斥，

　　　　　　　当即俯首听命，并在叔父面前

　　　　　　　立下重誓，绝不图谋兵犯圣上。

　　　　　　　老挪威王闻言不禁大喜，

　　　　　　　当即赐侄儿年俸三千克朗，

　　　　　　　且令其率领所募人马，

　　　　　　　照原定计划去把波兰人征伐；

　　　　　　　他尚有希求书于信内，今呈陛下。（呈上一信）

　　　　　　　他求陛下允许其征伐队伍

　　　　　　　借道安全通过我朝领土，

　　　　　　　他于信中承诺，其军队一旦入境，

　　　　　　　必遵陛下圣令，

　　　　　　　确保丹麦毫发无损。

国王	朕与王后闻此，甚感快慰，
	我们当另择机宜，将来函细读，
	对兹事熟虑深思，再作答复。
	我们专此致谢二位不辞辛苦，
	且请先歇息，今晚当设宴洗尘，
	恭喜二位荣归故土！

二使臣下

波洛纽斯	这件大事总算圆满结束。
	陛下，王后，倘若微臣高谈阔论，
	讲说君主威权，人臣名分，
	何为昼，何为夜，何为光阴，
	则无非是将昼、夜、光阴徒然耗损；
	既然简洁乃才智之魂，
	饶舌冗辞有如金玉其外，徒有其表，
	故我将尽量简而言之：令郎殿下已经发疯；
	吾径谓之发疯者，盖因如欲定义何谓真疯，
	则必使定义人发疯，舍此外何可言哉？
	罢了，罢了，就此打住——
葛特露德	尚请多言实情，少发高论。
波洛纽斯	王后在上，微臣发誓绝未发高论。
	人道其疯，确属实情；唯其属实，实属可悯，
	悯其属实：唉，这文字游戏真蠢，
	那就蠢话少讲，因微臣实不愿谬发高论。
	好，他疯了，我等姑且如此认定，然后，而今，
	我等欲为者，乃探寻导致此结果之原因，
	或者换言之，王子此种病态究竟由何引起，
	因为此种病态结果必定其来有因。
	上述乃事态全局，下述乃事态其余。请思之：

臣下有一小女——有者，谓其尚属我门下闺秀——，
她对微臣诸般孝顺，瞧瞧，她把这信
给了微臣：现在王上与王后且揣测其中音讯。（拿出一信）
（信文）
（读信）"致我灵魂之偶像、娇艳绝顶、貌若天仙之奥菲利
娅"——这措辞糟透了，用语粗俗。"娇艳"这两个字眼可
真是俗不可耐。下面还有呢："在她美妙雪白之酥胸中"，下
面还有——

葛特露德　这是哈姆莱特写给她的吗？

波洛纽斯　好王后，少安毋躁，我要原原本本地念：

（读信）

"汝可疑众星是大火；

汝可疑白日曾周行；

汝可疑真理是胡说；

汝不可疑我爱乃真情。

啊，亲爱的奥菲利娅啊！我是个蹩脚诗人，不会用精巧的
诗艺宣泄我的浓愁；可我爱你至深！啊，深不可测！请相
信我！再会！最亲爱的小姐，只要我残躯犹在，痴心便长
属于你。哈姆莱特。"
这是我女儿出于孝心向我透露；
她还如实把他求爱的过程，
时间、地点、招数，
全向我和盘托出。

国王　可令媛如何接受他的爱情？

波洛纽斯　陛下以为老臣如何？

国王　忠心耿耿，坦诚正直。

波洛纽斯　臣但愿不负圣鉴。然不知陛下作何感想，

臣已经目睹这场热恋展翅翱翔——
实不相瞒，未等小女传告，
臣已对此了然——
敢问陛下或王后，作何感想，
倘若臣下暗中玉成这美事一桩，
或故意视而不见，装聋作哑，
或对这场情爱佯作不解之状，
敢问陛下作何感想？不，臣当机立断，
立刻对我家小姐开言："哈姆莱特殿下
是一位王子，远非你辈可望高攀；
此事断然不可。"臣诚告小女数番，
令其闭锁深闺，不与王子相见，
书信一概不纳，礼物全数奉还；
小女闻言，谨遵父命如此这般。
长话短说——王子见拒，郁郁寡欢，
饭不思食，席不暇暖，
身体憔悴，精神恍惚，
如此每况愈下，终至酿成
今日疯癫，满嘴胡言，
令众人心痛惋叹。

国王	（对葛特露德）王后以为原因在此吗？
葛特露德	可能吧。很可能。
波洛纽斯	臣斗胆相问——可曾有过如此情形：
	臣凡有断言"此事必如此如此"，
	而事后却并非如此？
国王	据我所知，无此情形。
波洛纽斯	臣若断言有误，请取这项上头颅：（指着他的头与肩？）

只要蛛丝马迹尚在，我自会

让真相大白，纵然这真相

在地球中心深埋。

国王　　　那下一步试探之策又当如何？

波洛纽斯　如陛下所知，王子有时在这庭廊中漫步

　　　　　　一连几个小时。

葛特露德　他果真如此。

波洛纽斯　趁此良机，待臣唆使[1]小女与之相遇，

　　　　　　（对国王）你我则藏身帷幕，观看二人相会：

　　　　　　倘若王子无意于小女，

　　　　　　倘若其理智不因恋情而丧失，

　　　　　　则臣愿引退，不复襄理国忧，

　　　　　　此生但甘做车夫、农叟。

国王　　　我们且试观其效。

哈姆莱特执一书边走边看上

葛特露德　瞧！可怜的孩子来了，他正一本正经地[2]念书呢。

波洛纽斯　快，避开，烦请陛下和王后暂且回避：

　　　　　　臣欲即刻上前与他搭话。啊，请让我单独行事。——

　　　　　　　　　　　　　　　　　　　　国王与王后下

1　唆使：原文为 loose。关于 loose 的用法，《皇家版》原注 set loose (often used of an animal, sometimes with the sense of releasing the female to the male for sex, which would lend sexual connotations to **encounter**)。loose 有"放纵"的意思。此词在英文中用于动物时，有时意为将雌性动物释放出来与雄性动物交配。紧接下文中的 encounter（相遇）一语由此也就有了性交合的寓意。按：莎士比亚在此剧中若干地方暗示波洛纽斯是一个拉皮条者，竟不惜以自己的女儿作为诱饵。——译者附注

2　原文 sadly 诸译本多译作"忧愁地"或"悲哀地"。《皇家版》解作 solemnly（庄严肃穆地）。鉴于哈姆莱特已经作疯癫状，故不必是悲哀、忧愁。今从《皇家版》注，译作"一本正经地"。——译者附注。

	您好吗，哈姆莱特殿下？
哈姆莱特	好啊，上帝慈悲[1]。
波洛纽斯	殿下认识我吗？
哈姆莱特	老熟老熟的人了：你是鱼贩子[2]。
波洛纽斯	我不是啊，殿下。
哈姆莱特	你要是像鱼贩子一样诚实的人就好了。
波洛纽斯	你是说"诚实"，殿下？
哈姆莱特	是呀，先生；如今这世道，两千人当中才挑得出一个诚实的人啊。
波洛纽斯	这倒是大实话，殿下。
哈姆莱特	要是太阳能在一条死狗尸体上孵育蛆虫，因为它是一块人尽可吻的臭肉[3]——你有一个女儿吗？
波洛纽斯	我有，殿下。
哈姆莱特	可别让她在光天化日下[4]行动啊。虽说肚里有货就是有福，可不是你女儿肚里塞的那种货啊。老朋友，当心啊。
波洛纽斯	（旁白）你们[5]倒是瞧瞧，还在念叨我的女儿：可刚开始他并

1　上帝慈悲(God-a-mercy)：《皇家版》注 God have mercy (i.e. thank you)，意为"上帝慈悲"（即"谢谢"）。

2　鱼贩子（fishmonger）：根据《皇家版》注，fishmonger 这个词有"好色之徒"和"皮条客"这样的言外之意。

3　《皇家版》解作"一大块可供亲吻的腐肉"（carrion 腐肉，亦指涉"妓女"）。各家注本解释有颇大的差异。从上下文看，此处的 carrion 可解为哈姆莱特暗指波洛纽斯的女儿是妓女。妓女是人尽可夫的，因此就像太阳一照就会生蛆的死肉一样，人尽可夫的妓女也容易生蛆（怀孕、生儿育女）了。此与下条的 sun（太阳）的寓意相关。这里的译文"人尽可吻的臭肉"是根据以上理解而变通翻译的。——译者附注

4　在光天化日下（i'th'sun）：《皇家版》注为"大庭广众之中 / 在可以导致 [蛆虫] 繁殖的光天化日之下"。又，sun（太阳）与 son（儿子）谐音。此与上文"孵育蛆虫"相联系，也与下文 conception（怀孕）相关。——译者附注

5　据《阿登版》注，波洛纽斯此处是在对观众说话。——译者附注

不认识我，说我是鱼贩子。他真是病了，病入膏肓了。实话跟你们说吧，我年轻时在情场上啥苦头都熬过，跟他现在这样子差不离。我要跟他再说说话。

——殿下，您读的什么东西？

哈姆莱特 词语，词语，词语。

波洛纽斯 语中旨意如何，殿下？

哈姆莱特 谁对谁质疑了？[1]

波洛纽斯 殿下，我说的是您所读书的内容。

哈姆莱特 都是糟蹋人的话，先生；这个刻薄的家伙在书中说：老人们都长着灰白胡须，满脸皱纹，眼睛里窝着树脂似的眼屎，笨头笨脑，两股颤颤。先生，他这些说法我虽然打心眼儿里相信，可我坚持认为，这样实打实地写进书中，未免不厚道；就拿您老来说，要是先生您有能耐像螃蟹一样倒着爬，您也就该爬回到我这把年纪了。[2]

波洛纽斯 （旁白）话是疯话，却并非前言不搭后语。——殿下，这里当风，您到里面去好吗？

哈姆莱特 到坟墓里面去？

波洛纽斯 （旁白）那倒是个背风的地方。——他的回答有时寓意深远！那是疯子常常能够歪打正着的妙语，头脑健全的人反倒绞尽脑汁也说不出。我得躲开他，马上想出让他和我女儿不期而遇的办法。——殿下，请允许卑臣向您告别。

哈姆莱特 先生，除了这条命，这条我弃之唯恐不速的命之外，我实

1 哈姆莱特故意将波洛纽斯的 What is the matter?（说的是什么内容？）曲解为"怎么了？"并顺势理解成是某人与某人之间有争执（质疑）。——译者附注

2 据《阿登版》注，哈姆莱特说这话时，故意和波洛纽斯交换了角色，假装他自己是老人而波洛纽斯是年轻人。螃蟹可以往任一方向移动，但人们常常看见它们倒着爬或横着爬。——译者附注

　　　　　　　在没有别的东西可供你告别。

波洛纽斯　　再会，殿下。

哈姆莱特　　这些饶舌的老傻瓜！

罗森格兰兹与吉尔登斯吞上

波洛纽斯　　你们过去找到哈姆莱特殿下，他在那边。

罗森格兰兹　（对波洛纽斯）上帝保佑您，大人！

吉尔登斯吞　尊贵的殿下！　　　　　　　　　　　　　波洛纽斯下

罗森格兰兹　最亲爱的殿下！

哈姆莱特　　好朋友们！你好啊，吉尔登斯吞？啊，罗森格兰兹！好伙
　　　　　　　计们，别来无恙吧？

罗森格兰兹　我等庸碌之辈，混天度日罢了。

吉尔登斯吞　不过分幸运，才是我们真正的幸运；
　　　　　　　我等非幸运纽扣高居幸运女神的帽顶。

哈姆莱特　　也非低处于她的鞋底吧？

罗森格兰兹　不高不低，殿下。

哈姆莱特　　那么二位是处在她的腰部喽？是在她那可以施恩加宠的正中
　　　　　　　间吗？

吉尔登斯吞　不错，我们是服务于她阴私处的平民[1]。

哈姆莱特　　在命运女神的隐秘处吗？啊，真说到点子上了：她原本就
　　　　　　　是娼妓嘛。有什么新鲜事吗？

罗森格兰兹　无可奉告，殿下，我只知道世人已经变得诚实无欺了。

哈姆莱特　　这么说来世界末日快到了；可你的消息不真实啊。[2]让我再
　　　　　　　仔细问问：好朋友们，你们在命运女神怀里究竟干了什么

1　阴私处的平民：原文 privates，《皇家版》解作 ordinary citizens/genitals（普通公民 / 性器官）。

2　诸种版本（例如《阿登版》）这里以下缺 30 行对话。本书依第一对开本全译出。——译者附
　注

好事啊，不然她怎会把你们送到这监狱里来？

吉尔登斯吞	监狱，殿下？
哈姆莱特	丹麦就是一所监狱。
罗森格兰兹	那么全世界也是一所监狱。
哈姆莱特	很大很大的监狱，里面有许多禁闭所、囚室和地牢；其中最恶劣的就是丹麦。
罗森格兰兹	我们认为不是这样，殿下。
哈姆莱特	哦，是吗？那就让它对你们来说不是这样吧；本来世上也无所谓善恶好坏，都是脑瓜子想出来的：反正对我来说，它就是一所监狱。
罗森格兰兹	哦，是吗？我看是您的凌云壮志折腾出来的吧：丹麦太小了，容不下您的壮心的发展。
哈姆莱特	上帝啊！要不是因为联翩噩梦，我即便身居斗室[1]，也会自命是无限空间的君王。
吉尔登斯吞	那些噩梦其实便是您的野心；因为野心家的本质，说到底，也无非是个梦影而已。
哈姆莱特	梦本身无非影子而已。
罗森格兰兹	对极了。鄙意野心轻浮缥缈之极，不过是影子的影子。
哈姆莱特	如此说来我们的乞丐倒有真实的身体，而我们的君王和壮志干云的豪杰却成了乞丐的影子。嗐，真的，我也讲不出什么道理了。咱们进宫去好吗？
二人	臣等愿伺候左右。
哈姆莱特	岂敢，岂敢！我岂能让二位屈为我门下仆从之辈；实话实说吧，所谓伺候者也，我已万难领受。不过呢，您我是多

---

1 身居斗室：原文为 be bounded in a nutshell（被禁闭在一个核桃壳里），此处是意译。——译者附注

年旧交，敢问二位来埃尔西诺有何贵干？

罗森格兰兹 专诚拜见殿下；别无他事。

哈姆莱特 我现在是穷叫花子，穷得怕连酬谢话也所剩无几。可我还是要谢谢二位。当然喽，二位好友，我这感谢半文不值[1]。是受人差遣而来的吧？是出于本心吗？是随意的偶然造访吗？说吧，开诚布公。快，快，哎，快说吧！

吉尔登斯吞 我们该怎么说呢，殿下？

哈姆莱特 嗐，想怎么说就怎么说呗。你们是受人差遣而来；你们面上的表情已经不打自招了。亏你们还有点羞耻心，想遮掩也遮掩不了。我知道是我们善良的国王和王后派你们来的。

罗森格兰兹 派来干什么呢，殿下？

哈姆莱特 这正是我要向二位讨教的话啊。眼下，凭着哥们儿义气，凭着年少时的交情，凭着我们始终不渝的真爱，凭着比我更会刨根问底者所能提出的更佳理由，我求你们开诚布公地告诉我：你们是不是受人差遣而来？

罗森格兰兹 （*旁白。对吉尔登斯吞？*）你看怎么说？

哈姆莱特 （*旁白？*）行了，我留心着你们呢。——你们若对我还有点真情，就别再吞吞吐吐的了。

吉尔登斯吞 殿下，我们是奉命而来的。

哈姆莱特 让我抢先说出原因吧，这样你们就不会被迫泄露真情，你们向国王、王后保密的承诺就会毫发无损。我近来——不知是什么缘故——失掉了一切快乐，行事习惯一反往常；我的心绪真是抑郁不堪，于是这形态[2]美好的大地在我眼中

---

1 《皇家版》注：（假如来访者访意不诚）这个感谢就连半文钱也不值。

2 形态：原文 frame 可双关。可指大地，亦可指穹窿型剧场，如环球剧场。《皇家版》注：框架，结构（如下文 canopy 一词一样，也有可能使人想到剧场建筑的物理结构）。——译者附注

也似乎只是一片荒凉的海岬；你看，这璀璨浩瀚的天穹，这高悬头顶的壮美的长空，这点缀着金黄色火球的庄严屋宇，唉，在我看来，简直是聚合成团的乌烟瘴气。人这玩意儿真是不得了！[1]高贵的理智！无穷的能力！体态端庄！举止出色！行动有如天使！颖悟宛若天神！世界的娇花！万类的灵长！然而，对我来说，这一撮泥土的精华又算什么？人已不能使我怦然心动，不！就是女人也不能！尽管你们脸上掠过一丝笑影，仿佛说我还情有所钟。

罗森格兰兹 　殿下，我们的思想里才没有这种玩意儿呢。

哈姆莱特 　那么当我说"人已不能使我怦然心动"的时候，你们为什么笑起来？

罗森格兰兹 　我想，殿下，要是人已不能使您怦然心动，那些戏子们恐怕绝无机缘获得您的垂青了[2]；我们在路上比他们腿快，他们很快就要到这儿来向您献技了。

哈姆莱特 　扮演国王的演员我会以礼相待，我自有酬劳敬献这位陛下；冒险的骑士须持刀荷盾；叹息的情人不可毫无回报；脾气古怪的角色须始于暴躁而终于平和；插科打诨者须能使那班一逗就乐的观众捧腹大笑；女主角须能不受干扰地尽兴发挥，要不然诗体剧文就荒腔跑调了。[3]他们是些什么样的戏子？

1　人这玩意儿真是不得了！：此处的"人"（a man）可能有双关义，即可指普通的人类，也可指某个男人。下文"人已不能使我怦然心动"中"人"也有双关义，可指男人。接下来的"不！就是女人也不能！"中的"女人"明显照应前文的"男人"这层双关义。莎士比亚时代同性恋风气甚重，此处哈姆莱特借文字游戏或对此有所暗示。——译者附注

2　莎士比亚时代的演员都是男的，女角也由男演员扮演。——译者附注

3　女主角……走腔跑调了：根据《皇家版》注，如果扮演女主角的演员受到观众的起哄，他的台词就会失去应有的节奏（没腔没调）了。——译者附注

罗森格兰兹 正是您过去喜欢的那个戏班子，专门在城里演悲剧的。

哈姆莱特 他们怎么成了跑江湖的了？坐镇老场地，名利双收，更加划算嘛！

罗森格兰兹 我想他们之所以在城里被禁演，是因为最近戏剧界出了点新花样。

哈姆莱特 他们的名声还跟我在城里那时候一样吗？他们还受观众追捧吗？

罗森格兰兹 不，今非昔比啰。

哈姆莱特 怎么会这样呢？他们是技不如前了？

罗森格兰兹 不，他们倒还跟从前一样卖力；可是，殿下，现今来了一帮乳臭未干的童伶。这些娃娃嗓门儿高得要命，所以观众也就没命地喝彩：他们是当前最走红的班子，一通尖叫就把他们所谓的普通戏班压了下去。那些腰佩长剑的因为怕剧作家奚落，也就不敢光顾旧戏班了。

哈姆莱特 什么！不过是些娃娃吗？谁供养他们？谁是他们的后台？将来他们的嗓子一旦高不上去了，就不再干这行了吗？如果他们长大后成了普通戏子——这是很可能的，而他们的收入又没有什么改善——难道他们不会抱怨编剧本的人把他们坑害了，让他们挖苦嘲弄自己的未来前途吗？

罗森格兰兹 真的，双方闹得真是不可开交，而国民不以起哄为非，总想挑动他们强争恶斗。有一个时期，编剧的人在剧本里不渲染一下编剧家和演员之间如何唇枪舌剑地干仗，这剧本就卖不出钱。

哈姆莱特 竟有这等事？

吉尔登斯吞 嗐，为这事儿双方可谓机关算尽。

哈姆莱特 到头来是男娃娃们一举夺魁？

罗森格兰兹 嗐，那还用说吗？殿下，连赫剌克勒斯和他扛在双肩上的地球都被他们夺了过去。[1]

哈姆莱特 这也不足为奇；先父在世时，有些人对我的叔父这个目前的丹麦国王不屑一顾，可而今呢，竟然愿意抛洒二十、四十乃至一百块金币来买他的一幅小肖像。这里面大有不合常情之处，要知究里，怕要靠哲学来推敲了。

喇叭奏花腔迎戏班

吉尔登斯吞 戏班的人来了。

哈姆莱特 两位先生，欢迎光临埃尔西诺。来吧，握手；欢迎嘛总得有些例行礼节；让我正儿八经地对您们以礼相待，要不然我对戏子们的欢迎——嘿，我跟您们说，那在表面上一定是相当殷勤的——也许让您们觉得我对他们比对您们更殷勤。我欢迎您们；可惜我的叔叔–爸爸和婶婶–妈妈[2]上当啦。

吉尔登斯吞 上了什么当，亲爱的殿下？

哈姆莱特 刮西北偏北风时，我才发疯；刮南风时，我还是分得清老鹰和手锯[3]的。

波洛纽斯上

波洛纽斯 你们好呀，两位先生！

哈姆莱特 听着，吉尔登斯吞；还有你，也听着——左右耳朵边各有一人听着：你们看，那边那个大婴儿还在襁褓之中哩。

---

1 如前所述，赫剌克勒斯为古希腊神话中的大力神，肩负地球。此处可能是影射环球剧场，莎士比亚也是该剧场股东之一。——译者附注

2 原文为 uncle-father and aunt-mother。哈姆莱特是在玩文字游戏，表达他对叔父和母亲的不满。在这儿是故意强调他叔叔娶了他母亲，就在一定意义上成了他父亲；而他妈妈成了他叔叔的妻子，又像是他的婶婶。——译者附注

3 手锯：原文 handsaw。有的版本认为此词是 hernshaw 之误，故亦有译作"鹭鸶"者。哈姆莱特暗示叔父及母亲以为自己疯了，其实他并不总是真疯。——译者附注

罗森格兰兹	恐怕他是第二次给裹在襁褓里了，有道是人老如童嘛。
哈姆莱特	瞧我未卜先知：他是来告诉我有关戏子的消息的；你们记着。——你说得不错，先生；是在星期一早上，正是如此。[1]
波洛纽斯	大人，我有消息禀告。
哈姆莱特	大人，我有消息禀告。 当罗马名演员罗歇斯——
波洛纽斯	大人，那些演员们已经到这儿来了。
哈姆莱特	嗤！嗤！
波洛纽斯	我以名誉担保——
哈姆莱特	那时每个戏子骑驴而至——
波洛纽斯	他们都是旷世难求的戏子，戏无不演，演无不精，管它是悲剧，喜剧，历史剧，田园剧，田园喜剧，田园史剧，历史悲剧，历史田园悲喜剧，场景固定、谨守三一律的古典剧还是别具一格、不守三一律的新派剧；演塞内加的剧，要多悲惨就有多悲惨，演普劳图斯的剧，要多轻松就有多轻松。无论演中规中矩的戏，还是演花样翻新的戏，他们的演技天下无双。
哈姆莱特	啊，耶弗他，以色列的士师，你真拥有无价之宝！[2]
波洛纽斯	他拥有什么宝，殿下？
哈姆莱特	嗜， "他唯有闺女这个美娇娘，

1　哈姆莱特故意装作没有看见波洛纽斯，只是忙着和朋友交谈。

2　据《圣经》记载，耶弗他（Jephthah）曾对上帝发誓：如果他在战争中获胜，他就会把他在归家途中遇到的第一个动物用来祭献上帝。结果他遇到的是他的女儿。耶弗他信守了自己的诺言。哈姆莱特此处是影射波洛纽斯会无耻地献出自己的女儿作为钓饵。——译者附注

他爱她爱得不同寻常。"[1]

波洛纽斯　（旁白）还惦着我的女儿。

哈姆莱特　我念得对不对，耶弗他老头子？

波洛纽斯　您若称我为耶弗他，殿下，那就是说我也有一个我爱得不同寻常的闺女。

哈姆莱特　不，那可不能相提并论[2]。

波洛纽斯　那该怎么接着提接着论呢，殿下？

哈姆莱特　嗐，

"命中注，天有数。"

你知道，下面还有，

"十有八九，那事真有"——

这首圣歌的第一行[3]还别有深意呢！瞧，

不速之客使我住口了。——

演员四五人上

哈姆莱特　欢迎演艺界高手光临，欢迎欢迎！——看到诸位安康，我甚感欣慰。——欢迎，列位。——嗨，老朋友啊！没想到阔别之后，你已经须满腮边了：你到丹麦来是要冲我捋须的吗？[4]——啊，这位小娘子啊！凭圣母起誓，您穿上这高底靴，比上次我看见您时高挑得都快顶着天啦；上帝保佑，

1　这两行台词来自于当时颇为流行的一首歌谣。但是哈姆莱特引用这两行来暗示波洛纽斯与女儿的关系超过了（passing）寻常意义上的父女关系。——译者附注

2　原文 follows not，根据《皇家版》意为"不是同一个逻辑"或"不是下一行"。双关：波洛纽斯爱女儿的爱法跟耶弗他可不一样，不可同日而语。——译者附注

3　行：原文为 row，各家版本对 row 的解释不同。故有译作"节"、"段"、"首"者。今从《皇家版》，译作"行"。——译者附注

4　冲我捋须的吗？：向我挑战的吗？玩笑语。——译者附注

愿您那喉咙千万别像废金币似的在中间破裂了[1]啊！列位艺坛高手，欢迎欢迎！来，我们要像法国驯鹰师一样，不管看见什么都放鹰去追；我们马上就来一段台词。来，让我们欣赏欣赏你们的演技吧，来一段慷慨激越的台词吧。

演员甲　大人想听哪一段呢？

哈姆莱特　我从前听你向我念过一段台词，可这词儿从未上演过；即使上演过，顶多演过一次，因为就我所知，这出戏并不受大众青睐：对于凡夫俗子的口味而言，它不过是鱼子酱而已。但是我却认为——还有若干远比我精于此道的行家也认为——这是一出绝妙的戏剧，场次结构精巧，措辞既朴实又老到。我记得有人这样说过：那戏的剧文里没有滥加提味的庸俗话语，也没有矫揉造作的措辞令作者蒙羞；他称这种写法是立言稳健而又柔美，雅丽而不妖冶。其中有一段台词我特别喜欢，即埃涅阿斯对狄多讲述的故事，尤其是有关普里阿摩斯被屠的那一节。要是你们还记得起，那就从这一行念起——让我想想，让我想想——

“狂暴的皮洛斯[2]像希尔卡尼亚的猛虎”——

不对，不是这样；但确实是从皮洛斯开始的：

“狂暴的皮洛斯，身披铠甲，

甲黑如心黑，黑色赛黑夜。

他潜藏于诱敌蒙祸的木马，

将令人胆寒的图案涂抹在

1　废金币似的在中间破裂了：那时的金币中间是一个国王头像，四周镶边。如果镶边里面发生损坏，这枚金币就失效。此处比喻扮演女角的男演员如果其嗓音变沙哑了，成了破嗓子，就不再适合演唱女声了。

2　皮洛斯（Pyrrhus）：荷马史诗中的希腊英雄阿喀琉斯（Achilles）之子。在特洛伊战争中，阿喀琉斯死后，皮洛斯卷入战事，以残暴的复仇心著称。

狰狞黝黑的脸颊：从头到脚，
全身一片殷红，淋漓的鲜血
可怖地溅流自多少母女父兄；
烈焰腾飞的街道，燃起暴虐之光
照耀着凶残的景象，烘干血浆；
凶恶的皮洛斯受着愤怒与烈火的炙烤，
全身披挂的凝血使他更显雄壮，
他眼似珠玉，射出血红的光芒，
四处搜寻着老王普里阿摩斯。"
来，你接下去念。

波洛纽斯　　上帝作证，殿下，您念得棒极了，音调铿锵，神味十足。

演员甲　　"他很快找到了那老王，
老王正笨拙地和希腊人干仗：
古剑虽在手，手不肯应心，
不驯之剑滑落地上。敌弱我强，
皮洛斯乘机向老王疯狂进攻，
却不料凌厉的剑风起处，
衰弱的老王竟随风跌倒在地。
就连无知的特洛伊城
也似乎感觉到皮洛斯这一砍击，
冒火的城楼顿时坍塌，轰然巨鸣
不禁使皮洛斯悚然心惊；
瞧！他挥剑正欲砍下老王
发白的头颅，却凌空停住，
宛若画卷中的暴君，兀然挺立，
在意图与后果之间踟蹰，茫然失措。
但正如暴风雨前的天庭

常有短暂的安宁，流云却步，
狂飙息语，死一般的静默
笼罩大地；顷刻，可怕的惊雷
震裂长空。于是，经过短暂静止，
复仇之念使皮洛斯重起杀伐之心，
他挥起淋血剑猛砍下老王的头颅，
其凶残狠毒，恐怕远超当年
独眼巨神为战神打造万年甲胄，
锤下千钧的力度。
滚，滚吧，命运，你这婊子！
天庭的诸神啊！你们且褫夺她的威权，
将她命运之轮的轮辐和轮圈砸个稀烂，
任由那轴心从奥林波斯山顶
直滚入地狱的深渊！"

波洛纽斯　台词太长啦。

哈姆莱特　长得和您的胡子一样该上理发店了。——接着念。他这人只爱听庸俗小调或淫秽故事，不然就要打瞌睡。接着念；下面是关于赫卡柏[1]那一段了。

演员甲　"可是谁，啊！谁看见蒙面的王后——"

哈姆莱特　"蒙面的王后"。

波洛纽斯　不错："蒙面的王后"，好句子。

演员甲　"赤脚奔走，快哭瞎的眼中
有热泪汪流欲浇熄烈焰，
头上后冠不存，唯余布片，
惊惶中抓一条毛毯，权作袍服，

1　赫卡柏（Hecuba）：普里阿摩斯国王之妻，特洛伊王后。

　　　　　　　把瘦削而多产的腰身裹缠。

　　　　　　　此情此景，谁见了不会用毒舌

　　　　　　　詈骂命运之神，闹得沸反盈天？

　　　　　　　皮洛斯正挥剑玩弄凶残的游戏，

　　　　　　　老王的肢体在剑下零落千段，

　　　　　　　一声惨叫，猛然迸出王后的胸间——

　　　　　　　此情此景，即便诸神瞩目，

　　　　　　　也定会黯然神伤，除非俗世的悲苦

　　　　　　　难以感动上苍，否则如火燃烧的天眼

　　　　　　　也定会泪流如注。"

波洛纽斯　　您瞧瞧，他是不是脸色大变、热泪盈眶了！别念了吧。

哈姆莱特　　很好，其余部分回头再念吧。——好大人，请您安顿一下这些演员，好吗？您听见了吗？要善待他们，他们可是这个时代的浓缩性简史；宁可死后有一个糟糕的墓志铭，不可生前由于他们而落下骂名。

波洛纽斯　　殿下，我会按他们应得的待遇款待他们的。

哈姆莱特　　哎呀，我说老兄，您再客气点嘛！要是照每一人应得的待遇款待每个人，那岂不是人人都该挨抽？就按照您自己的名分对待他们吧：他们越是配不上这待遇，就越能显示出你慷慨大度。领他们进去吧。

波洛纽斯　　来，列位有请。　　　　　　　　　　　　　　波洛纽斯下

哈姆莱特　　跟他去吧，朋友们：我们明天还要听你们的戏呢。——
　　　　　　　（对一演员）听着，老朋友，你们会演《贡扎古谋杀案》吗？

一演员　　会演的，殿下。

哈姆莱特　　那我们明天晚上就上演这出戏。不过我打算另外草拟十二或十六行的一段剧文插到里边；你看，必要的话，你把它们预先背下来，好吗？

一演员	没问题，殿下。
哈姆莱特	很好。跟那位爷去吧；可别嘲弄他。—— 　　　众演员下
	两位好友，今儿晚上见；欢迎光临埃尔西诺！
罗森格兰兹	好的，殿下。　罗森格兰兹与吉尔登斯吞下。哈姆莱特留场
哈姆莱特	吁，再见再见！ [1]——终于落得清静。

啊，我真是个混蛋、愚蠢的贱民！

瞧这戏子所为真是动魄惊心！

明明是虚构，是激情的梦境，

他却能驱使其灵魂服从其想象，

让惨白之色罩上他整个的面容，

泪泉突泻的双眼，仓皇四顾的神情，

断续的呜咽，全部言行举止

无不和他臆想的情状配合默契。

一切竟都不为什么！不，为赫卡柏！

赫卡柏与他何干？他与赫卡柏何关？

他干吗为她涕泗横流？假如他有

我这样的动机和悲愤的理由，

他将如何表达？他会泪雨滂沱，

淹没剧院，用可怖的言辞震裂

听众耳朵，使有罪者狂，清白者愕，

使不知内情者茫然失措，

使耳与目功能全失。可是我，

糊涂的家伙，垂头丧气，

懒洋洋若醉生梦死，

1　吁，再见再见！：据《阿登版》，莎学专家威尔逊（J. Dover Wilson）认为此处的哈姆莱特在
罗森格兰兹和吉尔登斯吞离开后，其回话带有嘲弄和如释重负的语气。——译者附注

仇不思报，舌不言语；竟任凭
一国之君惨遭算计，江山旁落人手，
贵体死于非命。我，竟是一介懦夫？
谁叫我恶棍？谁让我脑袋出浆？
谁拔去我的胡须吹在我脸上？
谁拧我的鼻梁？谁当面指斥我
撒下弥天大谎？谁对我如此胡来？
哈！
嘻，活该，活该！我本是
逆来顺受的鸽子，没有胆汁，
感觉不到受人欺凌的痛苦，
否则我早已用那老贼的尸身
喂肥了满天饿鹰；这嗜血、荒淫的恶棍！
残忍的、险恶的、淫荡的、变态的恶棍！
啊！雪恨，复仇！
嘻，我真是蠢驴一头！眼瞅自己的亲父
遭人谋杀，连天堂地狱都促我动手，
我这为人子者却像一个娼妓，
只会满腹牢骚，咒天咒地，我啊——
不折不扣的泼妇，贱奴！——嘻，好个勇冠千夫！
呸！嘿！开动起来吧，这死脑筋！
听人说，戏园里看戏的罪犯，
有时会因为台上精彩的表演，
不禁触动天良，
当场供认罪状；
因为暗杀的事情尽管没喉没舌，
却常借神奇的渠道将秘密张扬。

我要叫这些戏子当我叔父之面
演一出剧，情节与我父被害相仿；
我则从旁细观，将他的内心揣度；
他若愕然变色，我，自有良策可图。
或许，我所曾见的幽灵是恶魔化身，
有本领示现为可亲近的外形，
趁我郁郁寡欢、柔弱可欺之际
正好发挥其魔力，诱我身陷沉沦。
不，我得有真凭实据，比幽灵
所说更令人相信；这戏是陷阱，
我且借它来捕获国王的良心。　　　　　　　下

第三幕

第一场 / 第七景

埃尔西诺王宫城堡内一室

国王、王后、波洛纽斯、奥菲利娅、罗森格兰兹、吉尔登斯吞及众大臣上

国王	你们能否直截了当地问他 为什么要这样添乱地胡闹， 用暴烈而危险的疯狂举动 把他安宁的生活弄得一团糟？
罗森格兰兹	他自己也承认他有些神经错乱， 但究竟是何缘故却闭口不言。
吉尔登斯吞	他也不乐意被我们旁敲侧击， 一旦我们想要他吐露真相， 他就会立刻假作疯痴， 巧妙回避。
葛特露德	他待你们还好吗？
罗森格兰兹	谦谦君子。
吉尔登斯吞	但明显是强作应付。
罗森格兰兹	谈话不主动，但有问必答， 且对答如流。
葛特露德	你们可曾劝导他找点什么消遣？
罗森格兰兹	王后，我们在路上的时候， 刚巧赶上了一个戏班；我们 告诉他这新闻，他听到消息，

好像很高兴。现在戏班已近宫门，
我想，他们已经得到吩咐，
今晚为王子演出。

波洛纽斯　　千真万确；
王子还求我恭请两位圣上
共同驾临剧场。

国王　　　我很愿意到场，也很高兴
听到你说他有这种兴致。
务请二位火上加油、多多凑趣，
让他一门心思老想赏心乐事。

罗森格兰兹　遵命，陛下。　　　　　　　罗森格兰兹与吉尔登斯吞下

国王　　　葛特露德爱妻，你也暂且回避；　　　　↓众大臣下↓
我们已密召哈姆莱特到此，
以便让他和奥菲利娅
来个邂逅相遇：
她父亲和我，则躲起来权做侦探，
能发现却不会被发现，如此，
对他们的会面，我们就能详察判断，
看他的所作所为，看他的苦恼疯癫
是否与恋爱有所牵连。

葛特露德　谨遵陛下吩咐。——
奥菲利娅，但愿
哈姆莱特的癫狂
令人庆幸地和你的美貌相关；
但愿你的美德能使他恢复故我，
双双共享荣华良缘。

奥菲利娅　王后，但愿如此。　　　　　　　　　　　葛特露德下

波洛纽斯	奥菲利娅，你到这边来。——陛下，
	我们隐蔽起来吧。——（对奥菲利娅）你就盯着这书，
	神情要显得特别虔诚专注，（递过一书）
	表明你孤身一人。我们这样做
	常常挨骂——例子不胜枚举——
	这是用外表的至诚和举止的虔敬
	来装饰恶魔般的灵魂！
国王	（旁白）啊，至理名言！
	是一记耳光将我的良心击中！
	娼妓脸千般粉饰还是丑面容，
	但是再丑，也丑不过我用
	花言巧语装饰起来的行动。
	唉，这负担啊太重！
波洛纽斯	我听见他来了；我们躲起来吧，陛下。 国王与波洛纽斯下
	（他们走到可偷听处，奥菲利娅则假装看书）
哈姆莱特上	
哈姆莱特	死，还是生？这才是问题根本：[1]
	莫道是苦海无涯，但操戈奋进，
	终赢得一片清平；或默对逆运，
	忍受它箭石交攻，敢问，
	两番选择，何为上乘？
	死灭，睡也，倘借得长眠
	可治心伤，愈千万肉身苦痛痕，
	则岂非美境，人所追寻？死，睡也，

---

1 死，还是生？这才是问题根本:此处亦可译作"干还是不干，真是个大疑问"或"行，不行 / 死，还是生？此问愁煞人"。——译者附注

睡中或有梦魇生，唉，症结在此；
倘能撒手这碌碌凡尘，长入死梦，
又谁知梦境何形？念及此忧，
不由人踌躇难定：这满腹疑情
竟使人苟延年命，忍对苦难平生。[1]
假如借短刀一柄，即可解脱身心，
谁甘愿受人世的鞭挞与讥评，
强权者的威压，傲慢者的骄横，
失恋的痛楚，法律的耽延，
官吏的暴虐，其或默受小人
对贤德者肆意拳脚加身？
谁又愿肩负这如许重担，
流汗、呻吟，疲于奔命，
倘非对死后的处境心存疑云，
惧那未经发现的国土从古至今
无孤旅归来，意志的迷惘
使我辈宁愿忍受现世的忧闷，
而不敢飞身投向未知的苦境？
前瞻后顾使我们全成懦夫，
于是，本色天然的决断决行，
罩上了一层思想的惨淡余阴，
只可惜诸多待举的宏图大业，
竟因此如逝水忽然转向而行，

1　各家注本有别。莎士比亚研究专家詹金斯（Harold Jenkins）认为：由于有这样的考虑，漫长
的生活本身便被看成是一种灾难。此处略偏向《阿登版》释义：这种顾虑使得灾难性的生活
经历长久地绵延下去。——译者附注

失掉行动的名分。啊，肃静，

美丽的奥菲利娅！——女神啊，

请记住在你祈祷之际，

别忘了代我忏悔罪行。

奥菲利娅	啊，好殿下，
	多日不见，贵体可安？
哈姆莱特	承蒙垂问，好，好，好。
奥菲利娅	殿下，多蒙相赐赠品若干，
	我曾长久思量如数奉还；
	恳请殿下收回。（递上哈姆莱特所赠信物）
哈姆莱特	不，不；我未送你任何赠品。
奥菲利娅	大人殿下，可我对此事记忆犹新，
	记得您还有甜言蜜语相伴，
	使礼品价值倍增；可惜它们芳消香残，
	今宜物归原主，因为对自尊者而言，
	送礼者若薄情，纵大礼，也轻贱。
	殿下，赠物在此。（试图交还信物）
哈姆莱特	哈哈！你忠贞吗？
奥菲利娅	殿下！
哈姆莱特	你美丽吗？
奥菲利娅	殿下是什么意思？
哈姆莱特	假如你既忠贞又美貌，那么你的忠贞就不该与美貌相交。
奥菲利娅	殿下，难道美貌除了忠贞，还有更好的相交[1]伴侣吗？
哈姆莱特	哎，对啦；因为美貌有力量使忠贞变成淫荡，而忠贞却无力使美貌趋向忠贞；这在从前是似是而非之论，可在今日

---

1 相交（commerce）：下文哈姆莱特取"性交事务"（sexual dealings）之意。

却理据充分。我的确真爱过你。

奥菲利娅　是的，殿下，您曾经使我信以为真。

哈姆莱特　你本来就不该真的相信，因为美德不可能嫁接在我们罪恶的老树上而不残留下恶的本性；我没有真爱过你。

奥菲利娅　那我就更加错会您的用心了。

哈姆莱特　进修女院去吧；你何苦要成为一帮罪人的繁殖者？我自己还勉强算是个正人君子吧；但要是细数我的恶行，我想我母亲还是没有生下我来的好：我很傲慢，念念不忘复仇，野心勃勃；我的坏念头招之即来，多得我想都想不到，简直没法儿形容，简直没时间把它们付诸行动。像我这种家伙，爬行于天地之间，用处何在？我们是十足的流氓，全都是；一个也相信不得呀。快进修女院去吧。你父亲在哪儿？

奥菲利娅　在家里，殿下。

哈姆莱特　把他关起来，让他犯傻也没门儿，只好待在家里犯。再见！

奥菲利娅　啊，慈悲的上天！救救他吧！

哈姆莱特　如果你坚持要嫁人，我就给你这个诅咒当嫁妆吧：任你纯如冰，洁如雪，你还是会受到别人的诽谤。进修女院去吧，去；再见！要不然你就嫁一个傻瓜，假如非嫁不可的话；因为聪明人明白你们会让他们变成头上长角的怪物[1]。进修女院去吧，去；快些去。再见！

奥菲利娅　啊，天神发威，让他恢复神志吧！

哈姆莱特　我也早就听说你们会涂脂抹粉，我太清楚啦：上帝本来给了你们一张脸，你们却替自己另造了一张。你们乱蹦乱跳，

1　头上长角的怪物：相当于中国人所谓"戴绿帽子的男人"。——译者附注

扭捏作态，拿腔拿调；为上帝的造物乱加绰号，装作天真烂漫的样子卖弄风骚。去你的，我再也受不了了，我都给气疯了。我说，我们再不要有什么婚姻了；已经结过婚的，除了一个人以外[1]，还都可以苟活下去；那些没有结婚的就别再结婚了！进修女院去吧，去。　　　　　　　哈姆莱特下

奥菲利娅　啊，多么高贵的心灵就此毁掉！
这廷臣利目、学者利口、武士利刀，
这大好邦国的期望和花朵，
行动的典范、举世风尚的鉴照，
曾万众注目，却殒落似云散烟消！
唉，万千女子，数我最最悲苦，
曾耳闻他甘美如音乐的誓言滔滔，
而今却亲见这高贵至尊的理智，
如同悦耳的钟声忽然瘖哑失调，
卓绝无匹的风华，英年正盛，
竟因癫狂而早凋。啊，苦命的我，
曾睹英豪当日，忍见他颓丧今朝！

国王与波洛纽斯自藏身处上

国王　　恋爱！他这种情绪并非因恋爱而起；
虽然话说得颠三倒四，却不像
疯言疯语，灵魂深处似有重重心事，
郁结的愁云盘旋其中，我怕，
这也许会酝酿出某种危机。
为防万一，我已经当机立断，
作出决定：他必须火速前往英格兰，

1　除了一个人以外：此处哈姆莱特指娶了自己母亲的叔父。——译者附注

把久未献纳我朝的贡物追还；
也许，远洋异国的游历，
变化多端的山水风情可以排解
盘伏郁结在他胸中的心事，
使他的头脑不再纠缠那段
挥之不去的愁怀，从而
使故我归来。卿意何如？

波洛纽斯　此策甚佳；然臣下依然确信
王子忧烦的始因与本因，
终究源于情场失意。怎样？奥菲利娅！
你无须禀告哈姆莱特殿下说过什么话；
我们全都耳闻。陛下，请按圣意行事；
不过，请陛下明断，臣以为戏终之后，
可让王后独自与王子对谈，恳请他
倾诉愁烦；王后问话宜开门见山，
微臣呢，蒙陛下恩准，则藏身其旁，
偷听其对话。若王后探不出真情实况，
陛下可遣王子去英国，或依陛下圣夺，
将王子监禁在随便哪个处所。

国王　　此计甚善；
朝廷重臣发疯，岂可听其自然！　　　　　众人下

第二场 / 第八景

埃尔西诺王宫城堡内另一室

哈姆莱特与二三演员上

哈姆莱特　请你按刚才我朗诵给你听的方式念这段台词，舌头得灵活点；要是你像你的许多同行那样夸张做作地叫嚷，那我还不如让大街上宣读告示的差人来念这几段台词。也不要老让你的手拉锯似的在空中挥来挥去，像这个样子；而是要处处雅致，即便那情感像洪流、像雷雨，或者说像旋风，你也得让言行举止合于法度，有节制，雍容圆润。啊！看见满头假发的家伙在台上狂呼乱叫，把一段激情撕成七零八落的碎片，我真是难受死了。这样的喊叫对那些前台的站票观众来说一定震耳欲聋，而这些人对戏剧多半一窍不通，只会对莫名其妙的场面和噪音胡乱喝彩。这种家伙扮演火性子忒玛冈特[1]时肯定更加过火：可谓比暴君希律王[2]还要暴君！真该让这种演员挨一顿鞭子才解气。望诸位避免此弊，拜托啦。

一演员　谨遵大人吩咐。

哈姆莱特　可是演得太没有力度也不行。该怎么演你得明察善断有主见，动作要紧跟言辞，言辞要配合动作；特别要注意的是：你们绝不可超越自然的常规；因为凡是过度的表演都远离了戏剧演出的本意。从古到今，演戏的目的始终犹如举镜

1　忒玛冈特（Termagant）：基督教虚构的穆斯林所崇拜的神，在旧时神秘剧中常常被表现为一个刚愎自用、脾气暴烈的人。

2　希律王（Herod）：耶稣时代的以色列暴君。

烛照浮生百态[1]，显示善德的本相，映现丑恶的原形，给其所在的时代和社会留下它们的遗像和印记。要是表演过火或发挥失宜，虽可博外行人笑声，却难免令方家惋叹；一位业内高手的评价对你们来说应该远重于满园子戏迷的追捧。啊！我曾观看过一些演员的演出，且耳闻他们颇得好评，评得可高啦——不过容我说句不敬的话——这些演员既学不来基督徒的腔调，也走不好基督徒、异教徒甚至普通人都会走的台步，瞧他们在台上趾高气扬、大呼小叫的样子，我心里就不禁想，一定是造化手下的笨工匠造人时偏偏没有把他们造好，所以他们现在要模仿真人，才模仿得如此走样、叫人恶心[2]。

一演员　先生，我希望在这方面我们已经有所改进了。

哈姆莱特　啊！你们得彻底改进。还有，你们那些丑角念白时，绝不要超过脚本规定的台词。因为有些丑角会自己先笑，逗引台下一些笨头笨脑的观众也跟着笑，而在这当口，本来正有好戏需要观众不受干扰地加以品味。这种丑角行为真是造孽，只表明这样干的丑角演员想出人头地的心眼儿实在是太鄙可怜了。去，快去准备吧。——

众演员下

波洛纽斯、罗森格兰兹与吉尔登斯呑上

　　啊，大人，王上会来看这一出戏吗？

波洛纽斯　王后也会来的。很快就到。

1　浮生百态（nature）：大多数的译本均译作"自然"。然据《阿登版》，此处的 nature 指 human action or behaviour（人的行为）。此处译作"浮生百态"，兼顾二者。——译者附注
2　如此走样、叫人恶心（abominably）：当时人们错误地认为 abominably（早前的版本拼作 abhominably）源自拉丁文 *ab homine*（不自然的，与人有距离的）。

| 哈姆莱特 | 快催催那些演员们加紧准备。—— | 波洛纽斯下 |

你们两位也去帮着催，好吗？

| 二人 | 好的，殿下。 | 罗森格兰兹与吉尔登斯吞下 |

霍拉修上

| 哈姆莱特 | 嗨！霍拉修！ |

| 霍拉修 | 臣在，殿下，愿乞效劳。 |

| 哈姆莱特 | 霍拉修，我平生结交者众， |

知你是一个绝对 [1] 正直的人。

| 霍拉修 | 啊，殿下！—— |

| 哈姆莱特 | 不，不要以为我是在故意奉承； |

奉承了你我会得到什么迁升？

你毫无家资提供丰衣足食，

一身所系唯有善良的精神。

我，何须对穷人滥施阿谀之音？不，

且让涂蜜的舌头吮舐虚妄的荣禄，

且让折节的膝盖甘愿长跪谄媚之门

赢得财源如注；你，可曾听清？

自从我的心灵能为自己做主，

明鉴贤愚忠奸，它就作出决定，

你才是它的深交，因为你虽曾

历一切艰辛，却从不伤于艰辛，

命运无常，无论是打击或恩宠，

你都同样谢纳；你是有福之人，

能把情感和理智调整得那么匀称，

---

1 绝对（e'en）：《阿登版》注 even, absolutely（十分地，绝对地）。诸译本均译作"最"，未详
何因。——译者附注

命运的手指难将你作一管横笛，

随意奏出乐音。啊，只要有一生灵

不为激情所困，我就会像对你一样

将其珍藏于心房，藏于中心的中心。

吁，我的话说得太多了。今晚，

在国王面前，有一出戏要上演。

其中一场的情节和我的父亲的死——

这点我曾告诉你——在情形上相似。

当那一幕开演之时，我请求你

集中起你全副敏锐的注意力，

观察我叔父。要是他听了那段戏词，

竟无有蛛丝马迹显示他有罪恶深藏，

那么，我们见过的那个幽灵定是魔鬼，

我的幻想也就醒醒如火神的作坊一样。

紧盯住他；我的视线也不离开他的脸膛，

之后我们再把双方的观察加以综合，

判断他的神情是否反常。

霍拉修　很好，殿下；

如果这出戏上演时，他居然有什么情况

逃脱了我的注意，这损失由我赔偿。

国王、王后、波洛纽斯、奥菲利娅、罗森格兰兹、吉尔登斯吞及伴驾的其他大臣上；卫队执火把随伺左右。奏丹麦进行曲。喇叭奏花腔

哈姆莱特　他们来看戏了；我得装疯了。

你自己找个地方。

国王　近日可好，哈姆莱特贤侄？

哈姆莱特	进食？[1]进得好极了；我进变色龙的食[2]；我进空气这个食，我肚子被空头许诺这个食填得好饱[3]啊；不过你要这样塞肥阉了的公鸡[4]是绝对行不通的。
国王	你的回答让我莫名其妙，哈姆莱特；你这些话跟我毫不相干。
哈姆莱特	是啊，也跟我不相干。——（对波洛纽斯）大人，您说您做大学生的时候演过戏吗？
波洛纽斯	是的，殿下，有人还夸我是好演员哩。
哈姆莱特	您扮演什么角色？
波洛纽斯	我真的扮演过尤力乌斯·凯撒；我在朱庇特神殿里被杀。是布鲁图把我杀死的。
哈姆莱特	布鲁图太"鲁"莽残忍了，竟然把那么"神癫癫"的一头蠢牛给杀了。[5]那班演员们都预备好了吗？
罗森格兰兹	是，殿下，他们正静候殿下旨意。
葛特露德	到这儿来，我的好哈姆莱特，坐在我身旁。
哈姆莱特	不，好妈妈，这块磁铁更吸引人。
波洛纽斯	（对国王）啊哈！陛下听见了吗？

---

1 上行 How fares...（近日可好）中的 fares 意为 is，但是哈姆莱特故意误解为"进食？"，因为 fares 也有 feeds（吃）的意思。——译者附注

2 据传变色龙以空气为食。

3 原文 promise-crammed。哈姆莱特暗示国王曾许诺他以后继承王位的话，只是空头许诺。——译者附注

4 阉了的公鸡（capons）：西人将小公鸡阉后喂肥，使其肉味更美。哈姆莱特可能是自比为被去势的小公鸡。暗示国王褫夺了他的权益。——译者附注

5 布鲁图太"鲁"莽残忍了，竟然把那么"神癫癫"的一头蠢牛给杀了：哈姆莱特这儿玩弄的是文字游戏。"鲁莽残忍"字取"布鲁图"的谐音；"神癫癫"取"神殿"的谐音。"蠢牛"原文是 calf（小牛），有"蠢货"的意思。哈姆莱特在这儿挖苦波洛纽斯是一个蠢货。——译者附注

哈姆莱特	小姐，我躺进您的两腿间 [1] 好吗？
奥菲利娅	不好，殿下。
哈姆莱特	我的意思是说，我头枕着您的膝盖好吗？
奥菲利娅	嗯，殿下。
哈姆莱特	您在想我刚才是要干下流事吗？
奥菲利娅	我什么也没有想，殿下。
哈姆莱特	躺在大姑娘的大腿中间，这想法很美。
奥菲利娅	说什么呀，殿下？
哈姆莱特	空洞洞的吧 [2]。
奥菲利娅	您是在寻欢作乐，殿下。
哈姆莱特	谁，我吗？
奥菲利娅	嗯，殿下。
哈姆莱特	上帝啊！要说为你写那种春宫类小品剧，我可是举世无匹了。男子汉为什么不寻欢作乐呢？瞧，我母亲多么欢多么乐啊，我父王去世还不过两个钟头呢。
奥菲利娅	不，已经是两个月的两倍了，殿下。
哈姆莱特	这么久了吗？哟，那么让魔鬼去穿黑孝服吧，我可要穿貂皮新衣啦。啊，天啊！都死了两个月，还没有忘记？看来一个伟人死后有希望被人怀念半年那么久啊；可是凭圣母起誓，那他必得修建好多所教堂才行，不然谁会纪念他啊，就像那种人造马一样，流行歌词有道是："哎呀呀，哎呀呀，人造马儿给忘啦。"

---

1 躺进您的两腿间：根据《皇家版》注，有"性交"的意思。

2 空洞洞的吧（Nothing）：根据《皇家版》注，意为 no thing（vagina 女性生殖器）。根据《阿登版》注，意为男性生殖器的委婉话。nothing 实则意为 nought（零，形状〇），是女性生殖器的委婉话。此处意味着哈姆莱特故意侮辱奥菲利娅。——译者附注

奏双簧管。哑剧登场

一国王与一王后上，甚亲热，后拥抱王。后跪地，向王誓表忠贞。王扶后起，以头俯靠后项上。王就花坪而卧；后视王熟睡，遂引退。俄顷，一人上，取王头上冠，吻冠，注毒药于王耳，下。后重返，睹王死，作大哀状。下毒者引二三人重上，伴后伴作哀怜状。王尸移去。下毒者向后献礼乞爱；后初作憎恶不允状，终受其请。 同下

奥菲利娅　这是什么意思，殿下？

哈姆莱特　凭圣母起誓，这是暗使奸计、为非作歹的意思。

奥菲利娅　大概这是在显示本剧的基本情节。

哈姆莱特　这几个家伙会告诉我们缘由的；演戏的守不住秘密，什么都想和盘托出。

奥菲利娅　他们也会把刚才的哑剧奥秘给我们抖搂出来吗？

哈姆莱特　那当然；您抖搂什么他们就抖搂什么；只要你好意思抖搂那羞羞羞[1]的地方，他们也不会害臊抖搂并解释那羞羞羞的地方。

奥菲利娅　你不要脸，你不要脸。我要看戏了。

致辞者上

致辞者　悲剧今日献大堂，
　　　　　多谢诸公来捧场，
　　　　　耐心细听慢品尝。 下

哈姆莱特　这是开场白呢，还是指环上刻的铭文？

奥菲利娅　太短了，殿下。

哈姆莱特　短得像女人的爱情。

二演员扮国王与王后芭普蒂丝妲上

1　羞羞羞（show）：《皇家版》注为 sexual display（性暴露）。

饰王者　　日辇环游三十秋，[1]
　　　　　　历经沧海与地球，
　　　　　　三百六十夜与昼，
　　　　　　月借辉光照五洲。
　　　　　　爱蒙月老缔良缘，
　　　　　　两心缱绻情悠悠。

饰后者　　但愿日月续旧游，
　　　　　　六十鸳鸯情未休。
　　　　　　叹君年来苦多病，
　　　　　　体非昔日人多愁。
　　　　　　臣妾为此担惊怕，
　　　　　　王夫未可更添忧。
　　　　　　妇人忧爱同强度，
　　　　　　不是无有便过头。
　　　　　　我爱夫君情深切，
　　　　　　故有愁怀烈同俦。

饰王者　　孤王行将别王后，
　　　　　　身心衰朽不可留；
　　　　　　爱妻宜住繁华世，
　　　　　　人敬养尊亦处优。
　　　　　　倘遇佳偶——

饰后者　　誓不嫁！

1　由此开始，以下近 70 行，是非常严谨的格律诗体，韵式为 aa bb cc dd ee，基本取抑扬格
　（iambic foot），五音步（pentameter），每行十音节。拙译在韵式上前半部分用传统中国韵式。
　当原诗内容具有谚语特点时，也用原诗的 aa bb cc 韵式，例如原诗"英豪背运知己走……夫
　死妻诺成虚话"。——译者附注

我视新欢如叛寇，
再嫁令我遭天咒，
再婚罪过弑夫仇。

哈姆莱特　（旁白？）艾草苦啊，苦艾草[1]！

饰后者　妇人再嫁动机歪，
不是贪爱是贪财。
若有新人与我合，
如弑亡夫在灵台！

饰王者　我信妻言出深心，
奈何毁诺是常情。
意志总为健忘困，
始强终弱难实行，
恰似高枝未熟果，
一朝熟透与枝分。
人虽有债应还债，
难免失信忘担承。
一时兴起许轻诺，
兴头冷后诺无音。
忧悲喜乐若过度，
既毁事业又伤身。
人间极乐伴极愁，
愁乐互变如转眸。
世界人间终有尽，
爱随运转不须惊。
我人未解一大问：

1　苦艾草（wormwood）：引申义为苦恼、烦闷的原因。——译者附注

情随运来运随情？
英豪背运知己走，
贫士得志敌成友。
迄今情爱赖运隆，
人不贫乏必有朋；
贫时若求相知济，
转眼相知成仇敌。
话尾还把话头回，
意志命运常相违，
诸多盘算总成空，
无尽劳思无果终。
爱妻自认不改嫁，
夫死妻诺成虚话。

饰后者　　我若寡后做新娘，
今生后世不安祥！[1]
无眠无乐度日夜，
地夺我食天夺光！
苟有吉事临我际，
吉颜转怒成祸殃！

哈姆莱特　　现在要是背了誓，可怎么得了！

饰王者　　多谢爱妻发重誓，
爱妻且回我欲息，
但借小眠驱倦意。（他入睡）

饰后者　　君入好梦乡，

1　我若寡后……不安祥：原作中王后这两行处于这段唱词末尾。但从逻辑上来说，应该是在这段唱词开端更好。梁实秋先生译本将此两行提前，处理甚是，今从梁本。——译者附注

　　　　　　您我此生永安康！　　　　　　　　　　　　　　　　下

哈姆莱特　母后，您觉得此戏如何？

葛特露德　我觉得那女人的表白太过火。

哈姆莱特　啊，但愿她会说话算数。

国王　这出戏情节如何？其中有无不妥处？

哈姆莱特　没有，没有，他们不过是瞎闹，闹着下毒：绝对没有什么不
　　　　　　妥的地方。

国王　什么戏名？

哈姆莱特　《捕鼠机》。嗨，怎么样？这是打比方的说法。这出戏描
　　　　　　绘的是发生在维也纳的一件谋杀案。那位王公的名字
　　　　　　叫贡扎古，他的妻子叫作芭普蒂丝姐。您很快就会看懂
　　　　　　的。戏中所写确实很卑劣，可那有什么关系？陛下和我
　　　　　　们这些人都没有做过亏心事，看看无妨；被鞍具擦伤的
　　　　　　马儿才会乱踢乱蹦，而我们的肩膀并没有上枷或被擦伤。

饰琉西安纳斯者上

　　　　　　此人叫琉西安纳斯，是国王的侄子。

奥菲利娅　殿下很会解说剧情呀。

哈姆莱特　要是我看见您跟您情人之间玩那种吊儿郎当的把戏 [1]，我也会
　　　　　　替你们解说的。

奥菲利娅　殿下语锋真利，语锋真利。

哈姆莱特　要想锉掉我的锋利，您就得哼哼唧唧。[2]

1　吊儿郎当的把戏（puppets dallying）：根据《皇家版》注，puppets 可能是文字游戏，有"乳
　　房"、"外生殖器"的意思。dallying（一起混天度日）暗含"调情"、"做爱"等意。

2　要想锉掉我的锋利，您就得哼哼唧唧（It would cost you a groaning to take off my edge）：根据《皇
　　家版》注，groaning（哼哼唧唧）指女人失贞时的呻吟。to take off my edge（锉掉我的锋利）
　　双关，指"制止我的锐利的机智"和"降低我的性欲／使我不再勃起"。

奥菲利娅	话是上流，意思下流。[1]
哈姆莱特	所以您们"留"（流）住的不是真丈夫。动手吧，杀人犯！混蛋，别扮鬼脸了，动手吧！快，连乌鸦都在哇哇大叫、急于复仇了。
饰琉西安纳斯者	心黑手捷，药毒时宜， 天赐良机，无人可知； 药味腥臭，三更采凑。 三倍毒性，三重魔咒， 威蒙造化，魔力可怕， 体健身轻，命夺一瞬。

将毒药注入睡者耳中

哈姆莱特	他在花园里把他毒死，想谋取他的权位和家私。他的名字叫贡扎古；那故事传下来了，是用漂亮的意大利文写成的。你很快就会看到凶手是如何使贡扎古夫人投怀送抱的。
	（国王站起）
奥菲利娅	王上站起来了！
哈姆莱特	怎么！连空枪声响都吓倒他了？
葛特露德	陛下怎么啦？
波洛纽斯	把戏停了！
国王	给我火把引路！走！
众人	火把！火把！火把！ 众人下。哈姆莱特与霍拉修留场
哈姆莱特	嗐，有伤的鹿儿泪涟涟， 没伤的鹿儿自游玩； 有的人酣睡，有的人失眠，

---

1 话是上流，意思下流（still better, and worse）：根据《皇家版》注，"话是说得更机智了，意思却更具侮辱性了"。

人世炎凉，如此这般。

老兄，要是我将来时运不济，就凭我这演戏功夫，再加上满头羽毛，开衩的鞋子上插他两朵遮掩鞋带的普罗旺斯玫瑰，你想我是不是也可以在戏班里混出个名堂来？

霍拉修　　半个股东[1]吧。

哈姆莱特　我可得做全额股东。

　　　　　　叫声老友，你本心知，

　　　　　　这江山旧主，本是宙斯，

　　　　　　而今有变，王位新换，

　　　　　　登基者——是个鸟[2]！

霍拉修　　您本可以押上韵的嘛。[3]

哈姆莱特　啊，好霍拉修！那鬼魂的话真是价值千金。你看见了吗？

霍拉修　　看得很清楚，殿下。

哈姆莱特　戏里提到下毒的时候？

霍拉修　　我那时牢牢地盯住他。

哈姆莱特　啊哈！来吧，来点音乐！把笛子吹起来！

　　　　　　王上若是对这出喜剧不喜欢，

　　　　　　那么，他多半就真是不喜欢。

　　　　　　嗨，来吧，奏乐！

罗森格兰兹与吉尔登斯吞上

吉尔登斯吞　好殿下，容我禀报一句。

1　股东（share）：宫内大臣戏班里的主要演员可以分享戏班财产的若干股份。

2　鸟（pajock）：谐音 patchock（卑劣之徒）或 peacock（孔雀）。

3　您本可以押上韵的嘛：霍拉修认为哈姆莱特本来在这里是要以 ass（蠢驴）作韵脚的。可哈姆莱特不便明言，改用作 pajock，故意未押韵。若译文将"鸟"字换作"混蛋"，亦是哈姆莱特本意："登基者——是个混蛋。""鸟"字在汉语里也有骂人的意思，这里略略照顾原文字面上的孔雀鸟儿这层含义。——译者附注

哈姆莱特	好，禀报通史都成。
吉尔登斯吞	殿下，王上——
哈姆莱特	呃，王上怎么样？
吉尔登斯吞	王上起驾回寝宫后，气就不打一处来。
哈姆莱特	是醉得不行了吗？
吉尔登斯吞	不，殿下，他脾气大发。
哈姆莱特	足下才识过人，应将此症状尽快通知御医；如果让我去为他诊断下药，恐怕会不慎让他更加肝火过旺。
吉尔登斯吞	好殿下，求您说话靠谱一点，别离题万里了。
哈姆莱特	悉听尊命，足下请宣旨。
吉尔登斯吞	王后心情无比难过，特差我来见殿下。
哈姆莱特	欢迎光临。
吉尔登斯吞	唉，好殿下，如此拘礼，在下实不敢当。殿下如肯惠赐一个体面的回答，我也就如实传达王后旨意；不然的话，在下乞请告退，就这样回去交差。
哈姆莱特	告足下，恕难从命。
吉尔登斯吞	从什么命，殿下？
哈姆莱特	恕难从给予体面回答之命，因为我心智已坏；可是，我倒是可从您之命——或者如您所说，从我母后之命——做出力所能及的回答。好，闲话休提，言归正传；你说我的母亲——
罗森格兰兹	王后这样说：您的所作所为使她大为惊诧。
哈姆莱特	啊，令人惊诧的好儿子，竟然能如此惊诧他的母亲！可是紧随在这母亲的惊诧之后有何下文呢？
罗森格兰兹	王后请殿下就寝之前到她房间里一叙。
哈姆莱特	即使她曾为人母十次，吾辈也一定从命。足下还别有公干乎？

罗森格兰兹	殿下，小可曾蒙您厚爱。
哈姆莱特	凭我这偷冠窃玉之手起誓，此爱当一如既往。
罗森格兰兹	殿下心中如此不快，究竟何故？若您不肯把胸中苦闷披露友人，那恐怕会是在自锁解脱之门呢。
哈姆莱特	先生，我本来晋升无门啊。
罗森格兰兹	那怎么可能！王上不是亲口许诺过您为丹麦王位继承人吗？
哈姆莱特	是啊，"等到草长高"[1]——这谚语老得发霉啦。

一人持笛上

哈姆莱特	啊！笛子来了；让我看看。（接过笛子） （对罗森格兰兹与吉尔登斯吞）请二位借一步说话；为什么你们煞费苦心地让我处于下风，好像不把我逼进罗网就不肯罢休？[2]
吉尔登斯吞	啊！殿下，要是我等因恪尽职守而未免唐突有罪，罪在对殿下敬爱太深。
哈姆莱特	足下之言，我不太明白。愿意吹奏一下这笛子吗？
吉尔登斯吞	殿下，我不会。
哈姆莱特	我求你吹吹。
吉尔登斯吞	殿下明察，我真不会。
哈姆莱特	我专诚请你吹。
吉尔登斯吞	殿下，我对此真的一窍不通。
哈姆莱特	容易极了，像撒谎一样容易；你只要用手指按着这些孔窍，

---

1 "等到草长高"：此是谚语。全句为：While the grass grows, the horse starves.（等到草长高，马儿饿掉膘。）

2 这里莎士比亚用的是打猎的比喻。猎人总是让猎物处于下风风向，以便让它们闻到猎人的气味，于是朝相反方向逃窜，从而掉入猎人预设的罗网。

嘴里这么吹气，这笛子就会发出美妙的乐音。你瞧，这些就是发音孔。

吉尔登斯吞 可是我无法让这些孔窍发出和谐的曲调；我没那种技巧。

哈姆莱特 嘿，你瞧瞧，你们把我看成微不足道的玩意儿！你们玩弄我；你们自以为懂得我的孔窍，想把我里边的吹奏秘密全都抖搂出来；想从我的最低音一直试吹到我的最高音；这一管小巧玲珑的乐器，内中可大有娇声妙乐，可你们却没办法使它启口。嘿，你们以为玩弄我比玩弄一支笛子容易吗？你们把我称作什么乐器都行，无论如何逗弄我，可就是在我身上玩不出名堂来。[1]——（对上场的波洛纽斯）上帝赐福给您，波洛纽斯大人！

波洛纽斯上

波洛纽斯 殿下，王后要跟您说话，越快越好。

哈姆莱特 大人看见那片云吗？很像骆驼啊。

波洛纽斯 我发誓，真像一头骆驼。

哈姆莱特 我似乎觉得它像一头黄鼠狼。

波洛纽斯 它拱起背时刚好像黄鼠狼。

哈姆莱特 或许像鲸鱼吧？

波洛纽斯 太像鲸鱼了。

哈姆莱特 那我稍后就去觐见母亲。——（旁白）他们逼着我装傻装到我自己都受不了啦。——我稍后就来。

波洛纽斯 我就去这么如实禀报。　　　　　　　　　　下

哈姆莱特 说起来倒容易："稍后，稍后"。

恕不奉陪了，诸位朋友。　　　除哈姆莱特外众人下

1　这一段话全是双关。哈姆莱特自比笛子，认为国王派来的两个奸细对吹笛子之技一窍不通，却愚蠢地总想像摆弄笛子一样探听出他心窍内的秘密乐音。——译者附注

当此夜深，正魑魅魍魉横行，
墓门，洞开千道，阴曹地府朝向凡尘
吐放瘴气无尽；我待啜饮鲜血淋淋，
施暴行无数，令白昼看了也发抖。
等等！我这就去面见母后，
啊，心灵，请莫让我天性泯灭殆尽，
请莫让尼禄弑母之魂潜入我胸襟；
我必得骄横残暴，但不可不近人情。
我诚不可以刀相逼，却须语如利刃，
舌头与魂灵，且暂循虚伪的行径；
要让言辞之剑使她鳞伤遍体，
却绝不可让真行动加害其身！   下

第三场 / 第九景

埃尔西诺王宫城堡内另一室
国王、罗森格兰兹与吉尔登斯吞上

国王　　　　朕讨厌他胡闹，若任其癫狂，
　　　　　　终必危及我等。故爱卿听命：
　　　　　　速备行装，朕欲遣汝出使英伦，
　　　　　　哈姆莱特王子亦当与尔等同行。
　　　　　　朕负皇天后土治国大任，
　　　　　　岂能容他时时因狂滋事，

孕大险于王庭。

吉尔登斯吞　臣等自会安排；

多少臣民衣禄仰赖圣恩，

陛下深虑他们的安危，

此种关怀真是最最圣明。

罗森格兰兹　即便是一介匹夫也会

殚精竭虑，避祸而保安宁，

何况陛下的安危系缚着

天下苍生的性命。

王者的薨逝绝非个体的

死亡，而是漩涡，会无情

吞卷掉它近旁的一切；

它是置于山巅的巨轮，

一旦崩坠谷底，纵轮辐上

有千种小零件，万般附属品，

全都会一齐碎骨粉身。

古往今来，王者一声哀叹，

常带来举国一片呻吟。

国王　　　尔等打点行装，火速出发，

朕要使这隐忧披上铁锁铜枷，

岂容它现在舞爪张牙。

二人　　　臣等即刻办理此事。

罗森格兰兹与吉尔登斯吞二侍臣下

波洛纽斯上

波洛纽斯　陛下，他正动身去母后房间，

臣将躲在帏幕后听他们交谈。

臣敢断言，王后会痛责王子，

当然，诚如陛下所言，陛下明断，

人母的天性总不免对儿子偏袒，

因此，宜乎另有专人躲在旁边

偷听他们的谈话。再会，陛下；

在您未睡以前，我还会见驾，

将我所耳闻禀告。

国王　　谢谢，贤卿辛苦了。——　　　　　　　　波洛纽斯下

啊！我秽气弥天的大罪已经腐朽，

上面承载着古来最久远的诅咒：

弑兄有罪！[1] 祈祷吗？不成！

我徒有强烈的祈祷之心；

大罪击败我求恕的意愿。

我徘徊犹豫，仿佛盘算

同时要做两件事情的人，

因不知从何开始，而竟

一事无成。这可咒诅的手

因染兄弟之血而变得更厚，

难道慈悲的上天无足够的甘霖，

将它清洗得如同白雪一样洁净？

慈悲何用，倘若它竟然不能

用来鉴照犯罪者的面容？

祈祷何用，若非具威力双重：

既能阻止我们堕落、失足，

1　据《圣经·旧约·创世记》第 4 章第 11—12 节：亚当与夏娃的长子该隐杀害了他的兄弟亚伯，
于是上帝对该隐下了重咒："现在你必从这地受咒诅。你种地，地不再给你效力，你必流离飘
荡在地上。"——译者附注

又能慷慨赐堕落者以宽恕？

大错即已铸成，我只好上求天恩。

可是唉！何种祈祷对我会有效应？

"请宽恕我卑鄙的谋杀罪"吗？不！

因为我还霸占着谋杀带来的好处：

我的王冠、王后，我的壮志宏图。

非分之得在手，何可奢求宽恕？

在这人间世界，贪腐横行，

罪恶的镀金手可排挞公道良心，

不义之财常可将衙门买成通途；

可是天上却不是如此理路；

不容取巧，一切全露真面目，

我们被迫直面罪行，一一招认。

怎么办？有何高招？对，试试忏悔。

还有何事是忏悔所不能为？

可对无法忏悔者，忏悔何用？

啊，不幸啊！暗黑死寂的心胸！

灵魂被胶粘住，越挣扎，越牢固！

救我啊，天使！让我试跪下这倔犟的双膝；（跪地）

这心弦似钢丝，变软吧，如婴儿筋肌！

啊，愿万事安然如意！

哈姆莱特上

哈姆莱特　此刻他正在祷告，此刻我不妨出剑；（拔剑）

此刻我必须下手。他于是命归西天，

我也就报仇雪冤。不，且待我三思：

一个恶棍杀死我父王，我这不肖子，

却竟然把这同一个恶棍送上天堂。

啊，这不是复仇，倒像是假我之手
为他积德。他本是在饱食之后，
身负着五月繁花似的恶罪，
冷不丁让父王成为刀下之鬼。
天知道他这孽债该如何算清？
不过，若是据常情来加以推论，
他罪孽深重；而我却手起剑落，
在他正洗涤灵魂时把他结果，
岂非助他登上通往天国之路？
不！（收剑）
入鞘吧，剑！且等候更可怕的时光；
等候他酗酒醉卧，等候他怒气偾张，
等候他寻欢作乐、乱伦纵欲在床上，
等候他赌博，咒骂或是行事荒唐、
罪不容赎之际，我才将他绊倒，
让他脚跟朝天、乱蹬乱踢，
倒栽进魂不超生的黑暗地狱。
嗯，母后等着我。这权宜药剂
不过延长你苟延残喘的病期。 下

国王 我的言辞飞升，我的思想下沉；
没诚意的空话绝不可上达天庭。 下

第四场 / 第十景

埃尔西诺王宫城堡内另一室

王后与波洛纽斯上

波洛纽斯 王子立刻就到。您得直截地对他说，

他那令人难以忍受的胡闹实在太过火，

亏得王后呵护担待，总是为他遮掩

上方的雷霆。我就躲这儿，闭口不言。

但求您对他讲话时开门见山。

哈姆莱特 （幕内）母后，母后，母后！

葛特露德 我一定这么办。

你放心。快躲起来，我听见他来了。

哈姆莱特上，波洛纽斯藏身帷后

哈姆莱特 母后，怎么啦？

葛特露德 哈姆莱特，你让你父王[1]受到了很大的冒犯。

哈姆莱特 母亲，您让我父王受到了很大的冒犯。

葛特露德 啧！啧！别用这样的回答来糊弄我。

哈姆莱特 哼！哼！别用这样的责问来陷害我。

葛特露德 什么话！怎么这样说？哈姆莱特！

哈姆莱特 又怎么啦？

葛特露德 你忘了我是谁啦？

哈姆莱特 不，我发誓，我没有忘记你；

---

1 父王：王后口中的"父王"指的是哈姆莱特的叔父，现在的继父。而下句哈姆莱特口中的"父王"指的是他自己的亲生父亲。——译者附注

你是王后，你丈夫的兄弟的妻子，

可你又是我母亲——但愿你不是！

葛特露德 天啊，我只好找那些能说会道的人跟你说了。[1]

哈姆莱特 嘿，嘿，您坐下，不许动弹；

我要在您面前放上明镜一面，

我要您看看自己的魂魄心肝。

葛特露德 你要干什么？你想杀我吗？

救命！救命！来人呀！

波洛纽斯 （在帏后）什么！喂！救命！救命！救命！

哈姆莱特 怎么！有鼠贼？一钱不值的东西！看我毙了你。（拔剑）

波洛纽斯 啊！有人杀我了！（哈姆莱特刺死波洛纽斯）

葛特露德 天啊！你都干了什么事啦？

哈姆莱特 我也不知道啊；那不是国王吗？

葛特露德 啊，你这是多么鲁莽、血腥的行为哟！

哈姆莱特 血腥行为！好母亲，这行为坏透底，

坏得像杀了国王，再嫁他的亲兄弟。

葛特露德 杀了国王！

哈姆莱特 嗯，夫人，这正是我的原话。（发现是波洛纽斯）——

别了，你这可怜、鲁莽、好管闲事的傻瓜！

我还误以为是你的主子呢。自认倒霉吧，

你现在应该明白，管闲事常会惹祸招灾。——

别拼命揉搓手了，夫人，安静，坐下来，

让我来揉搓你的心，让它怦然情动，

只要它不是无法穿越的铁石心胸，

也非万恶习气硬化而成的堡垒，

---

1 王后这里很可能暗示她要让国王亲自跟哈姆莱特谈谈，此语不无威胁之意。——译者附注

	那它就挡不住情理的进攻。
葛特露德	我究竟干了什么，你竟敢摇唇鼓舌，
	对我如此放肆地吆喝、撒野？
哈姆莱特	母后的行为 [1]
	玷污了妇女的贞操贤惠，
	使所谓的美德变成虚伪，
	摘掉了纯情之额上的娇艳玫瑰，
	烙上耻辱，使婚姻的山盟海誓
	变成赌徒的伪咒；啊！您这行为
	让婚约成为失魂的空壳，也使
	神圣的婚礼成为胡言乱语一堆；
	便是苍天也要掩面为之羞愧，
	便是这大地，如此坚实苍茫，
	也宛若将临世界的末日崩溃，
	只因恶心您这行为而满面含悲。
葛特露德	天啊！究竟是什么行为，
	让你一开始就呼天抢地、暴跳如雷？
哈姆莱特	瞧这一幅像，再瞧瞧这一幅，（向她展示两幅画）
	这是两个兄弟的油画肖像图。
	你看这位的神情是何等的高雅：
	宙斯神的额头，太阳神的鬈发，
	那战神般的叱咤风云的目光，
	那挺立的姿态，如同神使飞降，
	驻步高耸入云的山巅，
	这样的仪表，众善兼长，

1　母后的行为：哈姆莱特指王后的改嫁。——译者附注

仿佛每个天神都曾留印盖章，
以确保人间有个真汉子榜样，
他就是你的前夫。再看这位，
你现在的男人，像发霉的禾穗，
毒害健康的兄长。你瞎了眼睛？
竟能弃明媚巍峨的高山峻岭，
觅食于泥沼？嗐！你瞎了眼睛？
莫谎称这是爱情，到你这年岁，
气血情潮应早已衰退、卑微，
肯服从理智支配：是什么判断
竟使你弃高就卑？是什么魔鬼
蒙住了你的双眼，使你受到欺骗？
羞啊！你脸上怎不见半点红斑？
若地狱之火可在老娘欲髓中
煽起叛乱，那么青春的贞德大可
像蜡一样熔化在青春的欲火之间。
说什么脸面羞耻！当欲海掀起狂澜，
便是霜打的残年犹有情火冲天，
理智会甘做皮条为色欲暗中牵线。

葛特露德 啊，哈姆莱特！别再说啦！
你让我的眼睛把我的灵魂看遍，
我的灵魂里处处黑迹斑斑，
黑斑难褪，洗也枉然。

哈姆莱特 唉，只知道在那张
油腻的床上大汗淋漓，
在那肮脏的猪狗窝里
卿卿我我、宣淫泄欲——

葛特露德	啊，求你别再说了；
	这些话像尖刀插进我的耳朵；
	我的好哈姆莱特，别！别再说！
哈姆莱特	与你前夫相比，不及他二十分之一；
	一个杀人凶手，一个阴险恶棍，
	一个狗奴才，一个恶贯满盈的暴君，
	一个窃国篡权的强盗，
	竟将王冠这样的架上珍宝，
	偷塞进自己的腰包！
葛特露德	别说啦！

鬼魂上

哈姆莱特	一个穿花花小丑衣衫[1]的国王——
	救救我，神使天兵，
	请展双翅护卫我头上！（看见鬼魂）——
	陛下显灵，究为何因？
葛特露德	哎哟，他疯了！
哈姆莱特	您是否来责备延宕拖拉的儿子
	无视您可怖的旨意，懈怠了激情，浪掷掉先机，
	延误了当务之急的大事？啊，您说！
鬼魂	要知道，我来此
	是为激励你快委顿的决心。
	可是瞧！你母亲面色大为惊疑。
	啊，快去抚慰她矛盾的身心！
	最柔弱者最容易受幻想欺凌。

---

1 花花小丑衣衫：伊丽莎白时代宫廷小丑所穿衣服，由红绿相间的若干布块缝成，亦有人称之为百衲衣。——译者附注

去，去和她说话，哈姆莱特。

哈姆莱特　　您怎么啦，夫人？

葛特露德　　唉！孩子，你怎么啦？
　　　　　　你为什么对虚空呆望凝眸，
　　　　　　与缥缈的气体对答不休？
　　　　　　你的双眼流露出狂乱的神情，
　　　　　　如酣睡武士惊梦于警号声声，
　　　　　　你平整的毛发好像有了生命
　　　　　　突然直竖坚挺。啊，好儿子！
　　　　　　快在你纷乱心神的热焰上浇淋
　　　　　　清凉的镇静！你，呆望什么？

哈姆莱特　　他，他！瞧啊，他的神色多么惨淡！
　　　　　　就凭他这一副面容与未雪的沉冤，
　　　　　　即便铁石也会闻之动容。——（对鬼魂）别瞧我，
　　　　　　免得你那引发哀怜的神态会改变
　　　　　　我冷酷的决断；我必有的行动本色
　　　　　　难保，到头来挥泪代替了热血飞溅。

葛特露德　　你这是在对谁说话？

哈姆莱特　　您没看见那边有什么吗？

葛特露德　　什么也没有啊；有的我都看得见。

哈姆莱特　　您也没有听见什么吗？

葛特露德　　没有啊，除了我们自己说的话。

哈姆莱特　　啊，您瞧！瞧，它正悄然而去！
　　　　　　是父王，身着他生前的衣饰！
　　　　　　瞧啊！他正从门口出去，就在此时！　　　　　　鬼魂下

葛特露德　　这是你头脑中无中生有的幻象；
　　　　　　这种虚幻最易产生于精神失常。

哈姆莱特	精神失常！
	我的脉搏平和，恰如您的一样；
	正常稳健，奏着乐音；我刚才所讲
	无半句疯话。要验证，也无妨，
	我可把原话重述一遍，人若疯狂，
	只会杂乱无章。母亲，看上帝分上，
	莫用自慰的香膏涂抹自己的魂魄，
	推说我这一番言语只是精神失常，
	而非因您的罪过；这种伎俩
	徒让薄皮遮盖住皮下的脓疮，
	那内部的腐肉却在无影无形地
	蔓延滋长。认罪吧，力戒未来之非，
	切莫在莠草上再浇水施肥，
	使它更葱茏。恕我以直言奉送，
	因为这浊世臃肿，腐败成风，
	连美德自身都得向邪恶乞求宽容，
	要拯救邪恶，反须向它屈膝卑躬。
葛特露德	啊，哈姆莱特！你把我的心劈成了两半！
哈姆莱特	啊！那就把最坏的一半抛弃，
	用另一半过干净一点的日子。
	晚安！可是不要上我叔父的卧床；
	如已失节，也不妨装成节妇模样。
	今晚要是熬得住，
	那么，下一次节制起来
	就容易对付。晚安。晚安。
	如果有一天您能够渴求上天赐福，
	我也求您的祝福。对这位上大夫，（指着尸体）

我诚心惭悔，无奈天命难违，
天罚我，因其死，命罚他，借我威，
我必得充当替天行刑的傀儡。
待我先处理他的尸体，再来承担
这杀人的过失。容我再道声晚安！
我必行事残忍，只是为了慈悲；
开端一旦出错，后惹更大是非。

葛特露德 我该怎么办呢？

哈姆莱特 我让您做的当然不是下面的事情：
任凭那臃肿的国王诱您同床共枕，
乱揪您的脸蛋，乱叫您小亲亲[1]；
听任他给您两个臭烘烘的亲吻，
或用该死的指头在您颈上乱摸，
于是您就把此事内情抖搂个干净，
说我其实根本就没有啥精神病，
只是卖傻装疯。要泄密，就泄吧，
因为哪个美貌清醒聪明的王后
能够对癫蛤蟆、臭蝙蝠、老公猫
隐瞒如此重大的内情？谁能够？
不，管它什么理智或保什么密，
您大可学那只家喻户晓的猿猴，
将屋顶上所放鸟笼的笼栓抽走，
让鸟儿们自由，然后自入笼内，
学飞鸟腾空，结果折断了咽喉。

1　小亲亲：原文是 mouse（老鼠，耗子）。有译本作：小耗子，小老鼠。可彭镜禧译作"小乖乖"。
　此处取意译。——译者附注

葛特露德	你且放心，如果言语要使用呼吸，
	呼吸仰赖生命，我就不会有生命
	来呼吸出你对我吐露的言辞。
哈姆莱特	我必须赴英格兰；您知道吗？
葛特露德	唉！
	我忘了；这事早已决定。
哈姆莱特	这家伙一死，我肯定得被提前打发走；
	让我把这尸体拽到隔壁房间里头。
	母亲，晚安！瞧现在这一位大臣
	真是最安静、最庄重、最保密的人，
	可他生前却是个恶棍，饶舌又愚蠢。——
	来吧，老头儿，我跟你把总账结清。——
	晚安，母亲！

哈姆莱特拖波洛纽斯尸体下

国王上

国王	爱妻这么长吁短叹必有心事，
	请务必明说，我们好加以理喻。
	你的儿子呢？
葛特露德	啊，陛下！我今晚看到可怕的景象！
国王	什么，葛特露德？哈姆莱特怎么啦？
葛特露德	疯了，疯得像天风海浪相互争强；
	他一旦发作，就会置王法不顾，
	帏幕后似有声响传进他的耳鼓，
	他竟拔剑在手，大叫："老鼠！老鼠！"
	只因他那疯癫的神志不清，
	帏幕后的老好人死于非命。

国王	啊，可悲呀可惊[1]！
	倘若朕等在场，必遭同等命运。
	若任他恣意妄为，必将祸害众生：
	对爱妻、对我们、对于每一个人。
	唉！谁为这流血的暴行承担责任？
	朕等难辞其咎，本该防患于未然，
	将这疯癫的孩子看守、关禁，
	不使他随便近人；可我们对他
	关爱太甚，本有良策却不肯聆听。
	正像某个身患恶疾的病人，
	怕病情外露，竟任随疾病
	蚕食生命的元精。王子何在？
葛特露德	他正在拖走被他杀害的肢体，
	因自己的所作所为泪洒尸身。
	他的疯性里显示出纯良本性，
	恰如矿砂里也会闪烁着真金。
国王	啊，葛特露德！来！
	一等到曙光照亮峰峦之巅，
	我们就让他登船。对他的恶行，
	我们得巧妙并用威权和手腕，
	表面执法森严，暗中维护体面。——

罗森格兰兹与吉尔登斯吞上

　　　　　　喂！吉尔登斯吞！

　　　　　　两位朋友，你们快去多找几个帮手，

1　可悲呀可惊（heavy deed）：heavy 根据《皇家版》注，意为 sorrowful（令人哀哀的），根据《阿登版》则意为 serious, grievous（严重的，悲哀的）。今兼取二意。——译者附注

哈姆莱特发起疯来杀死了波洛纽斯，
他已把尸体从他母亲的房间里拖走；
你们去找到他，说话时要和和气气。
然后你们把那尸体搬到教堂里去。
二位速去，事不宜迟。快，葛特露德，

　　　　　　　罗森格兰兹与吉尔登斯吞二侍臣下

我们得召集智友良伴晓悉有变故当前，
我们该如何打算。啊，快走！快走！
我已心烦意乱，惊恐夹哀愁。　　　　　　同下

第 四 幕

第一场 / 第十一景

埃尔西诺王宫城堡内一室

哈姆莱特上

哈姆莱特　　入土为安。

二侍臣　　（幕内）哈姆莱特！哈姆莱特殿下！

哈姆莱特　　什么声音？谁在呼唤哈姆莱特？啊，他们来了。

罗森格兰兹与吉尔登斯吞上，率众侍从?

罗森格兰兹　　殿下，您把那尸体怎么处理啦?

哈姆莱特　　拌入泥土啦，它们本是一家。

罗森格兰兹　　告诉我们它在啥地方，

　　　　　　　　我们要搬它到教堂。

哈姆莱特　　莫信莫信。

罗森格兰兹　　信什么?

哈姆莱特　　莫信我会为你们保密，却不为自己保密。而且，堂堂王子
　　　　　　　却被一块海绵盘问，该如何作答?

罗森格兰兹　　殿下，您把我看成了一块海绵吗?

哈姆莱特　　不错，老兄，这块海绵很会吸纳君王的恩宠、赏赐和权势。
　　　　　　　可是这等官儿要到最后才会对君王竭智尽忠；君王待他们
　　　　　　　像猴子吃苹果[1]，先把它们含在腮帮里舔弄舔弄，要到最后才
　　　　　　　一口吞下。当他需要收回被你吸纳进去的东西时，只消把

1　苹果：诸家注本解释不一。有版本作"坚果"（nuttes）者。此从《皇家版》。——译者附注

你一挤，于是，你这块海绵又是干巴巴的了。

罗森格兰兹　殿下的话我听不懂。

哈姆莱特　不懂正好：再凶再狠的话，傻瓜听了也白搭[1]。

罗森格兰兹　殿下，求您务必告诉我们尸体在什么地方，然后跟我们去觐见王上。

哈姆莱特　尸体伴随国王身，国王却不随尸身。[2] 国王这个东西——

吉尔登斯吞　这个东西，殿下？

哈姆莱特　其实不是个东西。[3] 带我见王上。狐狸快藏好，大家快去找。[4]

众人跑下

1　再凶再狠的话，傻瓜听了也白搭（a knavish speech sleeps in a foolish ear）：英文直译为"邪恶的话在傻瓜的耳朵中睡觉"。《阿登版》注释 knavish 为 wicked（邪恶的）。《皇家版》注 sleeps in 为 is wasted on（浪费，白费，白搭）。此处兼重两个版本的注释而意译。——译者附注

2　尸体伴随国王身，国王却不随尸身（The body is with the king, but the king is not with the body）：此句为《哈姆莱特》中著名的谜语句子。各家注本解释纷纭。据《皇家版》注，"国王克劳迪斯虽有肉体，但并无真正的王权 / 尸体像克劳迪斯一样身处这儿的城堡内；但是克劳迪斯现在还没有死，所以也就没有伴随着波洛纽斯的尸体 / 死后的波洛纽斯伴随着真正的已故国王老哈姆莱特，而不是伴随着篡位者克劳迪斯 / 波洛纽斯和上帝在一起，而非和克劳迪斯在一起"。据《阿登版》引各家版本说，如詹金斯的观点，此句或影射王权二体（肉体和政体 natural and political bodies）论，表明哈姆莱特怀疑当前执政国王的合法性，暗示其王权并未驻于其肉体之内。——译者附注

3　其实不是个东西（Of nothing）：与上文联系起来，完整话是：The king is a thing of nothing（国王其实是个什么都不是的东西）。《阿登版》引第二四开本《哈姆莱特》的话认为哈姆莱特将国王叫作"东西"是故意侮辱国王。注意；在英文里，"是个东西"具有侮辱的意味，所以这话被吉尔登斯吞的惊讶打断，被哈姆莱特以 Of nothing（其实不是个东西）巧妙遮掩，使得"不是个东西"不那么具有明显的侮辱性意味（其实仍具侮辱性意味）。而在中文里，恰恰相反，最具侮辱性质的是后面的"不是个东西"，这是典型的骂人话。——译者附注

4　狐狸快藏好，大家快去找（Hide fox, and all after）：许多后来的校正版删掉了这一句。此句台词来自于一种儿童游戏。游戏中扮演狐狸的那个人先藏起来，然后其余的儿童去把他找寻出来。——译者附注

第二场 / 景同前

国王上

国王　　　　我已遣人去把王子及那具尸首寻找，
　　　　　　多危险啊，若任凭这家伙随意逍遥！
　　　　　　可惜朝廷却无法对他以严刑相待，
　　　　　　只因他颇受愚鲁的庶民百姓青睐，
　　　　　　平民的憎爱只凭眼睛，不凭理智，
　　　　　　他们会抱怨肇事者竟然受到制裁，
　　　　　　却无视按罪量刑。为了平和事态，
　　　　　　须使仓促遣送显得是体谅的安排、
　　　　　　煞费苦心啊。对命系一线的危病，
　　　　　　要治愈须用孤注一掷的药方药材，
　　　　　　否则只是殃灾。

罗森格兰兹上

　　　　　　啊！怎么样？有结果吗？

罗森格兰兹　陛下，究竟王子把尸体在哪儿埋藏，
　　　　　　王子硬是不肯讲。

国王　　　　他人在何方？

罗森格兰兹　在外面，陛下；已看住他，候旨听裁。

国王　　　　传他进来。

罗森格兰兹　（呼唤）喂，吉尔登斯吞！宣王子进殿。

哈姆莱特与吉尔登斯吞上，后者率众侍从？

国王　　　　啊，哈姆莱特，波洛纽斯在何处？

哈姆莱特　　在晚餐。

国王	晚餐？在什么地方？
哈姆莱特	不在他吃饭的地方，而在他被吃的地方；一群政坛要人似的蛆虫现在都还在吃他哩。蛆虫才是餐桌上的大王；我们喂肥众生是为了喂肥自己；喂肥自己是为了喂肥蛆虫。胖国王，瘦乞丐，都是桌上两道菜；下场不过如此。
国王	可叹！可叹！
哈姆莱特	一个人可以用吃过国王的虫子去钓鱼，然后吃掉吃过虫子的鱼。
国王	你这话究竟什么意思？
哈姆莱特	没什么意思，意思只是说，国王可以怎样在一个乞丐的肠胃里来一番游。
国王	波洛纽斯在何处？
哈姆莱特	在天上啊；派人上天去找吧。要是你的使者在天上找不到他，那你就自己到另外的地方找。可要是你们真在这个月内还是找不到他的话，那你们只消踏上通往前厅的阶梯，就会闻到他的气味了。
国王	（对罗森格兰兹或众侍从）到前厅阶梯那里找找。
哈姆莱特	您不去，他就一直在那儿等。　　　　罗森格兰兹或众侍从下
国王	哈姆莱特，你干的事令人好痛心， 对你的特殊安全我们得倍加思忖， 为你的过失我们必须送你出国， 还望赶紧预备预备，火速登程， 船已经打点停当，喜天助风顺， 随从人等候船中，万事俱备， 只待直赴英伦。
哈姆莱特	到英国去！
国王	正是，哈姆莱特。

哈姆莱特	好得很呀。
国王	所言极是，还望你理喻我们的良苦用心。
哈姆莱特	我看见一个理喻你良苦用心的天使了。行啊，来吧，到英国去！再会，亲爱的母亲！
国王	还有你慈爱的父亲，哈姆莱特。
哈姆莱特	我的母亲。父亲和母亲本是夫妇；夫妇本是一体；所以只提母亲就够了！快呀，到英国去！ 下
国王	跟在他后面，劝诱他赶快上船，
	不要迟延；叫他立刻出发，就在今晚。
	去吧！所有的公文，只要与此相关，
	全都密封妥当。请你们赶快一点。

吉尔登斯吞下；罗森格兰兹或亦下

啊，英格兰王，请莫忘你国土上的伤斑
本来自丹麦的利剑，那血色依旧鲜艳，
你当能体味我丹麦王朝的声威仍在；
如你仍然在乎我赋予你的恩典，
心甘情愿臣服于我面前——那你就
不能漠然冷对我的旨意。我有公函
详细缕述我对你的期盼：立即处死
哈姆莱特。啊，照办吧，英格兰，
因为此人如同热病翻腾于我的血液，
唯有你能手到病除。倘此事未办，
无论命数如何，我绝不会喜笑开颜。 下

第三场 / 第十二景

丹麦边境

福丁布拉斯率一队兵士上

福丁布拉斯　队长，去，代我向丹麦国王致敬，
　　　　　　　告诉他，承蒙允准，福丁布拉斯
　　　　　　　请求按已定承诺率军借道通过
　　　　　　　丹麦国境。你知道在何处会合。
　　　　　　　要是丹麦王和我还有他事磋商，
　　　　　　　我理当入朝晋谒；
　　　　　　　你就这样讲。

队长　　　　遵命，大人。

福丁布拉斯　减速行进。　　　　　　　　　　　众人下

第四场 / 第十三景

埃尔西诺王宫城堡内一室

王后与霍拉修上

葛特露德　　我才不和她说话呢。

霍拉修　　　可她纠缠不休，简直有点疯癫；
　　　　　　　看上去还真是可怜。

葛特露德	她有什么要求？
霍拉修	她总是唠叨她父亲，说她听人讲
	世人有坏心肠；她呻吟，捶打心房，
	对琐碎事发雷霆；她的话，像谜章，
	半可理喻半迷茫；话虽不着边际，
	支离破碎，却也能触动听者思量，
	乱加推测，把她的话拼凑联想，
	猜测取义靠断章，附会又牵强。
	她讲话时，眨眼，点头，打手势，
	确使人相信其只言片语有点名堂，
	意思虽难定，兆头恶，大有文章。
葛特露德	这样看来找人和她谈谈也有好处，
	免她招来居心叵测者的危险猜度。
	让她进来。　　　　　　　　　霍拉修走到门口，或可下场
	（旁白）罪孽本性难违，我灵魂已负疚，
	便觉桩桩琐事总预兆大祸临头；
	罪犯多疑，易缺明断，
	怕露馅，偏偏会露馅。

奥菲利娅上，疯癫状，随霍拉修？

奥菲利娅	丹麦的美王后陛下在吗？
葛特露德	怎么啦，奥菲利娅？
奥菲利娅	（唱）
	如何辨认你情郎，
	与人不一样？
	贝壳帽儿拐棍长，

	芒鞋着一双。[1]
葛特露德	唉！好姑娘，此曲是何意思？
奥菲利娅	您这么说吗？您可听好了。

（唱）

可知他已入了坟，

他已没了魂；

头上黄土草青青，

脚下石碑横。

国王上

| **葛特露德** | 呃，我说，奥菲利娅—— |
| **奥菲利娅** | 请您也听好了。 |

（唱）

尸衣白如山头雪——

| **葛特露德** | 唉！陛下，您瞧。 |
| **奥菲利娅** | （唱） |

衣上香花结；

香花冷对坟头咽，

不伴情泪泻[2]。

| **国王** | 你好吗，美丽的姑娘？ |

1　贝壳帽儿……芒鞋着一双：贝壳帽（cockle hat）指一种饰有扇贝壳或鸟蛤壳的帽子，凡戴着此种帽子的人多半曾朝拜过西班牙孔波斯特拉（Compostela）的圣雅各（Saint James）安葬地。芒鞋：草鞋。当时香客朝圣时都是这副打扮。把情妇比作圣地、圣人，把情郎比作香客，是当时较常用的比喻。——译者附注

2　香花冷对坟头咽，不伴情泪泻（Which bewept to the grave did not go / With true-love showers 没有真情人的泪雨相伴）。根据上下文意思，原来曲子不应该有"不"（not）这样的否定词出现。从格律的角度看，有 not 的这行诗应该是八个音节，有了 not 就成了九个音节，多出一个音节。所以各家注本皆认为这个"不"是奥菲利娅根据自己当时的情况在歌唱此曲时临时加进去的，以便影射奥菲利娅父亲的死后状况。——译者附注

奥菲利娅	好啊,上帝保佑您! 他们说猫头鹰是面包师的女儿。[1] 上帝啊! 我们都清楚我们现在的样子,却不知道我们将来的样子。愿上帝和您同席!
国王	她在胡乱幻想着她父亲啊。
奥菲利娅	求您们别说这话了。要是有人问您们这是什么意思,您们就这样说:

（唱）

情人佳节会情郎,

明日早起床,

我是淑女玉临窗,

要做你新娘。

郎起床头整衣装,

卧室门开放;

进去本是女儿身,

出门童贞亡。

国王	美丽的奥菲利娅!
奥菲利娅	真的,哎,我不要骂人,我会把它唱完:

（唱）

天吔地吔鬼吔神,

这事太丢人!

少郎想亲就要亲,

风流[2] 没良心。

女说:"你曾答应我,

碰我必先婚。"

1　有一个传说是,耶稣向面包师的女儿乞求面包,她不给,结果她就变成猫头鹰了。

2　风流（cock）:文字游戏;表面上是"上帝"的委婉说法,实际是影射"阴茎"、"鸡巴"。

男答："我本作此想，
怪你自登门。"

国王　　她这个状态已经多久了？

奥菲利娅　我希望一切皆大欢喜！我们得有耐心。可我一想到他们竟把他放在冰冷的地下，我就忍不住要哭。这件事一定得叫哥哥知道。好了，谢谢诸位的好言相劝。过来，我的马车！晚安，女士们；晚安，可爱的女士们；晚安，晚安！

下

国王　　（对霍拉修）紧跟住她；好好盯住她，我请求你。　霍拉修下

啊！是她老父的暴死种下祸根，
使她有这肝肠寸断之哀鸣。啊，
葛特露德！祸来非单兵探阵，
灾至常战骑如云：先是她父亲
殒命，之后你爱子远行；
王子咎由自取，合当异国奔命。
然波洛纽斯善而遭屠，愚民激愤，
私议闻于街谈，居心叵测纷纭。
朝廷将之秘密安葬，草率欠周，
可怜奥菲利娅也因此失去理性。
人无理性徒有其表，无异畜牲。
最后，还有同类事使我难安宁：
她的哥哥已从法兰西秘密回国，
必有搬弄是非者败坏其听闻，
有毒的流言蜚语必达其耳根，
使他惑于父亲之死而身罩疑云。
无稽的谣言虽毫无事实根据，
终难免使我蒙受无稽的罪名

辗转于众人之口。啊，爱妻！

这要命的开花炮，弹落四野，

打得我遍地尸横 [1]。

幕内喧闹声

一信差上

葛特露德　呀！这是什么声音？

国王　我的瑞士侍卫队呢？叫他们把好宫门。——

出什么事啦？

信差　陛下啊，快走避自保平安！

年轻的雷欧提斯聚众谋反，

击败王宫侍卫，沸反盈天，

真若沧海怒涛，崩堤决岸，

席卷平原。暴民谬称其为新君；

仿佛社稷初建，典章文物荡然，

一时古风没落，旧制被推翻。

暴民狂呼："大选！雷欧提斯为王！"

"雷欧提斯为王，雷欧提斯就是王！"

掷帽入空，拍手放言，

一片颂声直达霄汉。

葛特露德　误入迷途却还得意忘形地狂呼滥吼！

啊，你们闻错了方向，一群丹麦叛狗！

幕内喧闹声

1　打得我遍地尸横（Gives me superfluous death）：《阿登版》注为 kills me many times over（反复杀死我很多次）。夸张说法。朱生豪译为"死上加死"，很好。笔者这里的译文模仿其夸张意，意译为"到处是尸体"（死一次就有一个尸体，多个尸体说明死了多次，故"遍地尸横"）。——译者附注

雷欧提斯上，其追随者留在门口

国王	宫门已被冲破。
雷欧提斯	国王何在？——各位兄弟，请不要入内。
众追随者	（在门口）不，放我们进来。
雷欧提斯	我恳请诸位容我和他单独谈判。
众人	好，我们听您的。
雷欧提斯	多谢诸位；请把好大门。啊，你这奸王！ 还我父亲的命来！
葛特露德	有话慢讲，好雷欧提斯。（阻止他或挡住他的去路）
雷欧提斯	倘若此刻我身上还有一滴血安宁， 家父就是王八，我就是杂种野生， 我纯真老母无瑕的前额 也要烙刻上娼妓的骂名。
国王	雷欧提斯，你大胆嚣张，反叛朝廷， 是何原因？——别挡他，葛特露德， 君王有神灵护体，不必为朕担心， 叛逆只能窃窥神器，却绝不会 马到功成。——告诉我，雷欧提斯， 你为什么如此愤愤不平？—— 放开他，葛特露德。—— 是好汉，就说个分明。
雷欧提斯	我父亲何在？
国王	死啦。
葛特露德	但与国王无关。
国王	您让他问个明白。
雷欧提斯	他怎么会死？休将我欺瞒糊弄。 见鬼去吧，誓言！下地狱吧，愚忠！

什么天恩天良，都滚下无底深坑！
挑战那永劫天谴。我，立场坚定：
管它来世今生，我全都置若罔闻，
要来就来好了，任你什么报应！
我只是要彻底为父讨个公平。

国王　　谁会阻拦你？

雷欧提斯　除非我自己，天下无人能阻；
我自有妙招在胸，运用自如，
小用便可功效大著。

国王　　雷欧提斯老弟，
假如你已确切了解令尊之死，
你是否早已决定了复仇方式，
不管是敌是友，赢家还是输家，
不分黑白来个通吃？

雷欧提斯　我只与家父仇人算账。

国王　　那你可知谁是你家父仇敌？

雷欧提斯　对家父好友，我愿张双臂维护，
不惜以我热血供养，像那鹈鹕
舍命以鲜血哺其雏。

国王　　啊，听你现在开言，
才像孝顺儿子、堂堂男子汉。
令尊之故与朕毫无牵连，
朕为此才真可谓痛彻心肝；
昭彰事实你本可自己判断，
如同明目观照白日青天。

幕内喧闹声

众追随者　放她进去！

奥菲利娅上

雷欧提斯　怎么回事？那是什么声音？

啊，热焰烤干我头脑！咸味七倍之泪，（看见奥菲利娅）

灼伤我的视觉，使我双目失辉！

苍天为证，我发誓让害你疯狂的代价

沉重到压塌天平之柱。啊，五月的玫瑰！

可爱的姑娘，奥菲利娅啊，我的好妹妹！

老天啊！难道一个少女的理智竟也会

像老人的生命一样短促而易受摧毁？

人类的天性由于爱而变得精巧高贵，

它会为了挚爱而将自己最珍重的部分

奉献给所爱之人[1]。

奥菲利娅　（唱）

光着脸他就被抬上棺材架；

哎呀，哎呀，哎呀呀；

在他坟头上，热泪如雨下——

鸽子鸽子，再会啦！

雷欧提斯　你即便清醒时劝我报仇雪恨，

也不会如此令我动魄惊心。

奥菲利娅　你们得唱："下啊下[2]，下啊下"，就叫他是"阿—下—下"。哦，这纺轮转动的声音搭配得多好！那坏心肠的管家把主人的女儿拐走啦。

雷欧提斯　听似胡言乱语，胜似微言大义。

1　所爱之人：雷欧提斯指的是奥菲利娅的父亲波洛纽斯。

2　下啊下：据各家考证，这是当时流行歌曲的叠句。奥菲利娅正在让周围的观众唱副歌。——译者附注

奥菲利娅　　这种草儿叫迷迭香，代表长相忆；求你啦，亲亲，记住呀；
　　　　　　这种草儿叫三色堇，代表长相思。（递过真花或以手示意）

雷欧提斯　　疯话自有道理，相思、相忆，很搭配啊。

奥菲利娅　　给您，这是茴香，这是漏斗花，这是芸香；这种花我自己
　　　　　　也留一点。到了礼拜天，可以叫它作忏悔草。啊！您戴芸
　　　　　　香时得戴得别致一点。这是一枝雏菊；我想给您几朵紫罗
　　　　　　兰，可是我父亲去世后，它们全都枯萎了；他们说他是善
　　　　　　终——[1]

　　　　　　（唱）

　　　　　　英俊可爱的罗宾是我的心肝。

雷欧提斯　　忧愁悲苦甚至地狱中的磨难，
　　　　　　都被她点化成美丽与娇憨。

奥菲利娅　　（唱）

　　　　　　可知他还再归来？

　　　　　　可知他还再归来？

　　　　　　不，他已去泉台；

　　　　　　你，命也不久哉。

　　　　　　他已不会再归来，

　　　　　　银发满头乱，

　　　　　　须如雪满腮。

　　　　　　他已走，赴泉台，

　　　　　　热泪枉流宜节哀；

　　　　　　上帝永驻他心怀！

　　　　　　愿上帝宽恕一切基督徒的灵魂。上帝与你们同在！

1　这里提到的花，据《皇家版》注，茴香象征奉承；漏斗花象征不忠；芸香象征忏悔；雏菊可
　　能象征欺骗，但要是春天开的雏菊也可以象征爱情；紫罗兰象征忠贞。——译者附注

奥菲利娅与葛特露德？下

雷欧提斯　　天上的神灵啊，您们看见这惨状吗？

国王　　　雷欧提斯，请让朕把你的悲愁分担，

否则你就是在剥夺我应享的特权。

你不妨挑选最智慧的朋友若干，

请他们在你我之间评判：

假如评判的结果证明，令尊之死

与我有直接或间接的牵连，我便

将我们的国土、生命和王冠

以及我一切所有奉送于你面前；但假如

我被证明清白，那么，你就得有足够的耐心

听我相劝，让我们联手精诚合作，

尽可能满足你最大的心愿。

雷欧提斯　　那就如此办吧；

他死得蹊跷，葬得糊涂——

没有尊贵的仪式，也无隆重的葬礼，

也无剑、纹章、纪念物覆盖其尸骨——

天地之间，怨声盈耳，让我不能不

弄个水落石出。

国王　　　你必能晓悉真情；

罪有应得者，斧钺必加其身。

请，往这边行。　　　　　　　　　　　　　同下

第五场 / 第十四景

埃尔西诺王宫城堡内一室

霍拉修与一仆人上

霍拉修 他们是什么人，要和我说话？

仆人 是些水手，大人；他们说有信要交给您。

霍拉修 让他们进来。 仆人下

我真的不知有谁从海角天涯

给我写信，除非是哈姆莱特殿下。

一水手上

水手 上帝保佑您，先生！

霍拉修 让他也保佑你。

水手 他会保佑的，先生，他高兴的时候就会。这是您的信，先
生（递过一信）——是那位派往驻英国的大使捎给您的——
要是您的尊姓大名叫霍拉修的话，有人告诉我您就是这个
姓名。

霍拉修 （读信）"霍拉修足下启：足下阅过此信，烦引荐来人觐见
国王；来人尚有专函面呈国君。吾等海行，未及二日，适
逢一海盗船凶猛追击。我船行速太慢，勉力迎敌；相持未
几，余趁隙登盗船，彼立弃我船，扬帆而去，我遂独为其
虏矣。然彼虽为盗，犹存义心，待我优礼有加，欲我日后
知恩图报也。足下将此信交付国王，当谋与我相见，生死
攸关，宜急如星火。吾有要言欲附足下耳叙述，足下闻之，
恐为之咂舌；然事实真相，较之我言，其严重程度，非不
及而更过之。足下随来人引见，即知我当下住址矣。罗森

格兰兹及吉尔登斯吞已赴英国；有关二人，吾尚有诸多要
言相告，不及。再会。专此，挚友哈姆莱特"——
来，我这就带你们去把信件送达，
你们得以更快的速度领我去见他，
是他曾把这些信件交由你们转达。　　　　　　　　　同下

第六场　　／　　第十五景

埃尔西诺王宫城堡内一室
国王与雷欧提斯上

国王　　　你的良知必已判定我清白无辜，
　　　　　今当视我如知己推心置腹。
　　　　　实情已相告，你有聪耳聆听，
　　　　　那曾使令尊丧命之徒，
　　　　　也在谋我性命。

雷欧提斯　姑信您所陈述。
　　　　　此罪逆天悖理，罪不容诛，
　　　　　可您为何对此不严加惩处？
　　　　　您的安全、智谋及诸般考虑，
　　　　　都该促您早作良图。

国王　　　啊！我有两个理由，比较特殊，
　　　　　非同小可，但对你理由还不充足。
　　　　　他的生母王后，一日不见王子，

似乎就难以苟延年命；而我自己，
我的生命灵魂，也已与王后相依，
如此难分难解，就如同天星
不能与轨道相分，我也不能
无她而苟存——这究竟是
我的德还是我的恶姑且不论。
我难将他当众审判还有顾虑一重：
他深得民宠，其过易被偏爱包容，
恰似转木为石的魔泉可为之
化镣铐为恩荣。对猎猎狂风
我轻虚无力之箭将于事无补，
非但不能立地将对手命中，
羽箭反会逆转而射我长弓。

雷欧提斯　于是我白白失去高贵的父亲，
我好好的妹妹，被逼成疯人——
倘能借赞语颂她曾有的品貌，
那真是绝代天骄，旷古未闻——
这冤仇，要报，机会必来临。

国王　且莫让此事打扰你的清睡，
且莫视我辈乃软弱的窝囊废，
会让人揪我胡须，不顾安危，
视同儿戏；你且静待好音回。
我爱乃父，也爱我们自身，
我望你能将此理心领神会——

一信差上

怎么样？是什么好消息？

信差　启禀陛下，哈姆莱特寄来二信：

	一封专致陛下，一封王后收存。（呈上信）
国王	哈姆莱特寄来的？谁转送到此？
信差	陛下，我没看见他们，说是水手，
	克劳迪奥接到信后又再转交我收。
国王	雷欧提斯，你听听这信。——你退下！　　　　　信差下

"启禀陛下，臣已裸身擅入贵国疆土，恳请明日拜谒尊颜。
届时臣当面呈不召而返之由，事属奇诡，万望恕罪恕罪。
哈姆莱特敬上。"
此究竟何意？同行者全数而归？
是本无此事，抑或有人故意捣鬼？

雷欧提斯	您认识这手书吗？
国王	确系哈姆莱特亲笔。"裸身"——
	此处尚有附笔"独归"云云。
	足下有何见教？
雷欧提斯	不知所云，陛下。他来得正好，
	真高兴有机会将他当面声讨：
	"原来是你干的好事！"郁郁愁怀
	始觉渐消。
国王	若他果真已回来，雷欧提斯——
	怎么回得来？若因他故又作何解？——
	你可否听从我的安排？
雷欧提斯	除非您不强迫我对他和和气气。
国王	我是要为你出一口气。假使
	他现在中途而返，再也不愿
	继续出行，那么我别有妙计，
	成竹在胸，可使他掉入樊笼，
	唯有自寻死路，无可规避。

他送了命却绝无人会风言风语，
即使他的母亲也无法说三道四，
只认作是意外丧生。两个月前，
一位法国诺曼底绅士来到此间，
我曾经亲自和他们这类人较量，
他们骑术虽精，可目前这位更邪门，
他安坐马背如同扎根，与坐骑
似成一体，活脱脱如半马半人，
那畜牲竟任他摆布，驰骋纵横。
我唯叹其马术莫测高深，无论
我想尽何种姿态与花样，此公
总能技臻上乘。

雷欧提斯	是诺曼底人吗？
国王	是诺曼底人。
雷欧提斯	我敢打赌，一定是拉蒙德。
国王	正是他。

雷欧提斯 我熟悉此人；此公真是个奇才，
堪称法国国宝。

国王 他承认你武功确非等闲，
提起你的剑术就极口称赞，
说你攻有绝招、防无破绽，
短器应用之术，尤为精湛。
慨叹若有人和你操刀对阵，
那场面一定大有可观。
他对你这样的夸耀，
使哈姆莱特妒火中烧，
唯盼你能突然归来与你过招。

好，以此为关键——

雷欧提斯　以什么为关键，陛下？

国王　　雷欧提斯，你过去真爱你父亲？
　　　　你现在是否是强作哀颜，
　　　　有脸无心？

雷欧提斯　何出此言？

国王　　我并非怪你对老父的情爱不浓，
　　　　我只知爱不过起于一时的冲动，
　　　　人世阅历呈多少证据在我眼中，
　　　　时间使爱火难以总是烧得熊熊。
　　　　如今哈姆莱特已归，你当如何
　　　　用行动证明你的确是孝子尽忠，
　　　　而非只是个空话英雄？

雷欧提斯　就是教堂里，我也要割断他的咽喉。

国王　　对，无论何处都庇护不了杀人凶手，
　　　　地点哪能限制复仇。好雷欧提斯呀，
　　　　如你志在雪恨，近期就不要出门。
　　　　哈姆莱特回来后必获悉你已归家，
　　　　我们要指使人当他面夸你的本领，
　　　　吹得你比那法国人所说还强几分，
　　　　最终使你们两人比剑，赌个输赢。
　　　　哈姆莱特不善心机，豪爽又粗心，
　　　　必不会检查比赛专用剑是否利钝；
　　　　而你则不动声色地选择利剑一柄，
　　　　或事先将利剑混杂其中，比赛时，
　　　　你刻意瞅准时机一剑取了他性命，
　　　　你也就为父报了仇、雪了恨。

雷欧提斯　　　我一定如此进行；
　　　　　　　为达目的，我还要将毒药涂上剑刃。
　　　　　　　我曾从江湖郎中手里买到一种药油，
　　　　　　　此油效力威猛，只要一滴抹于剑头，
　　　　　　　倘剑刺人身，哪怕只擦破一点皮，
　　　　　　　也定会见血封喉，大发毒性，
　　　　　　　无论什么仙草灵丹，纵采自月夜，
　　　　　　　都无法起死回生。我就把这毒药
　　　　　　　涂上剑头，只要刺中他半点一星，
　　　　　　　也必叫他立时送命。

国王　　　　　此事我们得三思而行，
　　　　　　　斟酌一下什么时间和手段
　　　　　　　更方便我们实现心愿。倘若
　　　　　　　此计失灵，倘若行事不慎
　　　　　　　而走漏风声，则不干为宜。
　　　　　　　因此还应有第二计、三计，
　　　　　　　作为后盾，防大患于未然。且慢！
　　　　　　　我不妨下个重注，赌谁武功更霸悍；
　　　　　　　啊，有了！
　　　　　　　你们一旦对阵，必然热渴交加——
　　　　　　　所以你得自始至终，穷追猛打——
　　　　　　　务使他口渴欲饮，我就为他
　　　　　　　预备毒酒一杯，只要滴酒沾唇，
　　　　　　　就算他能在你的毒剑下逃生，
　　　　　　　这酒也仍助我们把心愿达成。——

王后上

　　　　　　　怎么啦，爱妻？

葛特露德	真真是祸不单行，接踵而至；
	雷欧提斯，你妹妹已经淹死。
雷欧提斯	淹死了！啊！在哪里？
葛特露德	小溪之旁，有一株杨柳横生，
	明流如镜，照柳叶其色如银；
	她溪边款步，身上有花环绮丽，
	毛茛、荨麻、雏菊皆土长土生，
	还有长颈兰，别有不雅之名
	来自放荡的牧人，贞洁的姑娘
	却以"死人指"相称。岸柳，
	悬枝，她想把花环挂上枝头；
	攀缘的时候，那邪恶枝丫忽断，
	她连人带花跌落进呜咽的溪流。
	四散的衣裙展现，有片刻光阴，
	托住她宛如美人鱼在水面飘零；
	她口吟古老的谣曲，片段，声声，
	仿佛全然不觉自己身陷危境，
	仿佛她原本就是水里长水里生。
	俄顷，浸了水的衣服渐渐沉重，
	可怜的人儿，轻歌一曲未尽，
	已葬身水下泥泞。
雷欧提斯	天！她就那么淹死了吗？
葛特露德	淹死了，淹死了！
雷欧提斯	可怜的妹妹，您喝够太多的苦水，
	所以我不能再加上这纵横之泪。
	然而习气难违，天性自有其轨，
	耻笑我吧，我实难忍这热泪腾飞，（泣）

飞尽我身上女人气。——陛下，再会！
我本有豪言如热火燃烧在胸膛，
却被这傻泪浇如冷灰。 下
国王 葛特露德，我们得把他跟紧；
我费尽心机才使他怨气暂平，
恐怕现在他又要怒火重生。
快，快，跟紧，跟紧。 同下

第五幕

第一场　/　第十六景

埃尔西诺王宫城堡附近一墓园

二小丑上，执一锹与一锄

小丑甲　　　还要用基督徒仪式安葬她吗？她可是自寻短见[1]的啊？

小丑乙　　　当然用基督徒仪式了。快点给她修墓；验尸官已经验查过她啦，说应该按照基督徒仪式下葬。

小丑甲　　　那怎么可能，莫非她自溺是为了自卫吗？

小丑乙　　　嗐，验查结果就是这样的。

小丑甲　　　那绝对是"自残行为"，不可能是别的行为。问题的关键在这儿：如果我有意投水自杀，那就构成了一个行为；一个行为分三部分，即：行、为、干；故所以：她是有意投水自杀。[2]

小丑乙　　　嗐，你听我说，修墓匠爷——

小丑甲　　　你给我听着：这儿是溪水，对吧？这儿站着个人，对吧？要是这个人跑到这溪水里，自己淹死自己，那就是说，管他是有意还是无意，终归是他自个儿跑进溪水的——你听清

1　自寻短见（wilfully seeks her own salvation）：语义含混。《皇家版》注：salvation（解脱）可能是 damnation（下地狱）的语误。但也有可能小丑的意思是说她想要早点升上天堂。译者酌取第一义。——译者附注

2　小丑在这儿故意模仿当时机械刻板的法律条文用语说话。把拉丁文的 *se defendendo*（自卫）误用成 *se offendendo*（自我侵害）。"故所以"（*argal*），拉丁文 *ergo*（因此）的误用。——译者附注

楚啦？可要是那溪水跑到他身上，把他淹死了，那就不是他自己把自己淹死的；故所以：对于他自己的死并未犯罪的人，并没有自寻短见。

小丑乙 法律上真这样讲的？

小丑甲 嘿，那还用说，验尸官的验尸法呗。

小丑乙 你想知道这背后的真相吗？要是这女子不是有身份的人，她就肯定没机会享受基督徒葬礼啦。

小丑甲 嘿，还真给你说中了。这世道叫人寒心，有钱有势的人，不管想要淹死还是想要吊死，都可以随心所欲，可同样是基督徒的其他庶民，就享受不到这个特权了。递过来，铁锹。这世上最古老的体面绅士要数园艺匠、挖沟匠和掘墓匠了；他们干的都是亚当的行业。

小丑乙 亚当也算体面绅士吗？

小丑甲 要算啊，他堪称有史以来第一体面绅士，很有两手[1]啊。

小丑乙 他才没什么两手呢。

小丑甲 怎么啦？你是个异教徒吧？连《圣经》都读不懂吗？《圣经》上明明说了：亚当挖土。没有两手，他挖得了土吗？我再问你一个问题，你要是答偏了，就自认晦气去[2]——

小丑乙 问吧问吧。

小丑甲 什么人造东西比泥水匠、船匠或是木匠造得更坚固？

小丑乙 造断头台的人。因为那个台子即使被一千个用户用过，它都还坚固。

---

1 两手（arms）：arms 与 coat 相连作 coat of arms，是莎士比亚时代绅士人家标志的家徽、纹章。由于 arms 又有"双手"的意思，故剧中人物故意玩文字游戏。朱生豪译为"两手"，颇切原文幽默意味，取其译法。——译者附注

2 自认晦气去：这句俗语没有说完，全句是 Confess thyself and be hanged（你就自认晦气去死吧）。

小丑甲　　我真服了你这小聪明啦，说真的。说是断头台也好，好在哪? 好在它是收拾坏人的。现在你就是坏人，因为你居然说断头台造得比教堂还坚固。故所以：断头台针对你来说还可能真是门当户对。得啦，重新回答。

小丑乙　　谁造东西比泥水匠、船匠或是木匠造得更坚固?

小丑甲　　是呀，你回答对了，你活都不用干了。

小丑乙　　哎，现在我知道了。

小丑甲　　说呀。

小丑乙　　唔，唔，我还真答不出来。

哈姆莱特与霍拉修自远处上，前者身披斗篷?

小丑甲　　别再使劲敲你那脑瓜儿啦，你就是把那头蠢驴敲打死了它还是快不起来的；下次有人问你这个问题，你就回答："掘墓的人，他造的房子坚固得可以一直住到世界末日。"去，去老约翰酒店给我倒一杯酒来。　　　　　小丑乙下

（唱）

当时年少爱风流，

有滋有味有甜头；

行乐哪管韶华逝，

天下柔情最销愁。

哈姆莱特　这家伙掘坟坑时都还在高歌，难道对他干的这种活儿居然没什么感觉吗?

霍拉修　　习以为常了就会麻木不仁。

哈姆莱特　说得对。手越不勤，知觉越灵。[1]

小丑甲　　（唱）

流年暗走不停留，

1　这句的原意是：越是少用手，它的感觉越灵敏。——译者附注

老景忽至叹白头，

一朝西去入黄土，

浮生茫茫万事休。（抛起一骷髅）

哈姆莱特　那个骷髅也曾有过舌头，也曾会唱歌；瞧这家伙顺手就把它摔在地上，好像那是天下第一个谋杀犯该隐的颚骨似的！它说不定是个政界大腕儿的脑瓜儿，现在却让这蠢货把它丢来踢去；要是生前，说不定他连上帝都敢骗，难道没有这可能吗？

霍拉修　大有可能啊，殿下。

哈姆莱特　不过，也许这是一个朝廷大臣的头，他会说："早安，大人！大人，您吉祥！"也许他就是那位某大人，因为想索要另一位某大人的马，便嘴里"好马，好马"称赞不休，难道没有这可能吗？

霍拉修　大有可能啊，殿下。

哈姆莱特　嘻，肯定如此嘛；可他现在只好与蛆虫夫人相伴。瞧他下巴都没了，任凭掘墓工的铁锹在他头盖骨上戳过来戳过去。如果我们洞察世事有方，这就是命运的轮回啊。难道这些枯骨生前枉受那么多教养，只能在死后被人当木棍扔来扔去地玩耍吗？想到此，不禁令我痛彻五内。

小丑甲　（唱）

铁锄头，铁锹锹，

还有尸布一大包；

泥土地上刨个洞，

谁愿住此便相邀。（掷起另一骷髅）

哈姆莱特　又一个骷髅，谁说这不会是个律师的骷髅呢？他那巧舌如簧、曲言夺理而今安在？他那诉讼案件、维权卷宗、机谋诈术，现在何方？为什么他竟然放任这个愚鲁之徒用脏兮兮的铁锹在他的脑壳上乱戳，却不控告他犯了人体侵害罪？哼！这家伙生前也许是个地皮大买家，满嘴唠叨什么土地抵押、欠债具结、地权让渡、双重担保、产权证书诸如此类的术语。现在他那精明的脑瓜里塞满了精微的泥土，这是不是他所获得的有保障的地权让渡或有保障的产权保证呢？他的所谓双重担保怎么没有担保他多买点地皮，却只能至多担保他获得一小块坟地？说什么"双重"，这坟地的面积绝不会超过双重契约书的长度和宽度啊！要说他拥有的各类土地产权证书恐怕多得连这坟坑般大的盒子都装不下，可这么多土地产权证书的拥有者怎么就偏偏不能使自己多占点容身之地呢？哈？

霍拉修　　多一丁点都没门儿，殿下。

哈姆莱特　契约书写纸不就是用羊皮做的吗？

霍拉修　　对啦，殿下，用小牛皮也能做。

哈姆莱特　用这种玩意儿寻求担保的人，本来就是傻羊笨牛之辈。我要跟这家伙说说话。——喂，伙计，这是谁的坟？

小丑甲　　我的，先生。

（唱）

泥土地上刨个洞，

谁愿住此便相邀。

哈姆莱特　我想也是你的，因为你在里边招摇（造谣）[1]嘛。

小丑甲　　您在外边造谣（招摇），先生，所以这坟不是您的；至于说我，我没有在里边造谣（招摇），可坟却是我的。

1　招摇（造谣）：原文 lie 既有"说谎"的意思，也有"躺"（在里面）的意思，故小丑和哈姆莱特都在用这个词的谐音双关打趣。双关话通常无法译，这里权译作"造谣/招摇"，取其谐音双关。——译者附注

哈姆莱特	在里边晃荡招摇一下就说坟是你的,所以你是"在里边造谣"。坟是为不会动弹的死人挖的,不是为晃荡招摇的活人挖的,所以你是在胡乱造谣(招摇)。
小丑甲	这谣还真是造得有点晃荡[1],先生;瞧它一晃就该从这里荡到您嘴里了。
哈姆莱特	你是在给某君[2]挖坟吗?
小丑甲	不为某君子挖,先生。
哈姆莱特	那么是为某女士?
小丑甲	也不为某女士。
哈姆莱特	那谁会葬在里面?
小丑甲	先生,要埋的人从前倒曾经是个女士。可愿她的灵魂安息,她已经死了。[3]
哈姆莱特	这家伙说话真是精准透顶了!我们得中规中矩地说话,用词稍一含混,就会给他钻空子。对上帝发誓,霍拉修,我注意到,这三年来,世风越来越趋向刁钻精明,乡巴佬的脚趾头都快赶上城里的达官贵人的脚后跟,蹭破那脚跟上的冻疮了。——你干掘墓这一行多久了?
小丑甲	一年三百六十五天,偏偏碰上在我开始干这行的那天,我们的先王爷哈姆莱特打败了福丁布拉斯。
哈姆莱特	从那天算起有多久啦?
小丑甲	您这都算不出来?每个傻瓜都知道哩:小哈姆莱特正是那天出生的——就是那个疯子,给人送到英国去啦。
哈姆莱特	哦,怪啦;干吗送他到英国去呀?

1　晃荡:原文 quick 为双关话,可指"活的"、"快的"、"机智的"。无法全译。——译者附注
2　某君:原文 what man 为双关话。man 可指一般人,也可指"男子"。——译者附注
3　小丑的意思是:死了就是鬼,不是人了,所以既非男人也非女人。——译者附注

小丑甲	有啥怪的，就因为他疯了呀；他到了那儿，疯病管保会好。好不了待在那儿也没啥大不了的。
哈姆莱特	此话怎讲？
小丑甲	英国人根本就看不出他是疯子，因为英国人都跟他一样疯。
哈姆莱特	他是怎么疯的？
小丑甲	大家都说这事儿很有点稀奇。
哈姆莱特	如何稀奇法？
小丑甲	天知道，说是他神经错乱了。
哈姆莱特	根源何在[1]？
小丑甲	嘻，当然是在丹麦这地方啰。我在此地干掘墓、敲钟这种营生，从小干到大，算来足足三十年了。
哈姆莱特	埋在地下的人多久才会腐烂？
小丑甲	实话说，现在许多害杨梅疮死去的尸体，还没下葬就烂完了；假如他死前还没有腐烂，他大概可以撑个八九年；硝皮匠九年都烂不了。
哈姆莱特	为什么他撑得久一些？
小丑甲	嘻，先生，他是硝皮行业的啊，他自己的皮肤不用说也给硝了，可以长期防水；那狗娘养的尸体一碰到水就腐烂了。这儿又有一个骷髅；这骷髅已经在地下埋了二十三年了。
哈姆莱特	这是谁的骷髅？
小丑甲	是个狗娘养的疯子；你认为是谁？
哈姆莱特	呃，我猜不出。
小丑甲	这活该遭瘟的疯无赖！有一回他把一大罐葡萄酒淋在我头上。这个骷髅，先生，我是说这同一个骷髅，是约利克的

1　根源何在：原文 upon what ground（由于什么原因），指哈姆莱特的病因。ground 可作"地面"、"地方"讲，所以下文小丑甲曲解为具体的地方（丹麦）。——译者附注

骷髅，他做过国王的弄臣。

哈姆莱特	是这个吗？
小丑甲	就是这个。
哈姆莱特	让我瞧瞧。（接过骷髅）——唉，可怜的约利克！我认识他，霍拉修；这家伙趣话无穷，脑瓜里有很多奇思妙想。我在他背上骑过上千次——可现在想起来，简直太恶心了！恶心得想吐。它这儿原本有两片嘴唇，究竟吻过我多少次，记不清了。——现在你还说挖苦话吗？还蹦跳吗？还哼歌吗？还能即兴诌出些打趣妙语让满桌人捧腹大笑吗？有没有留下一个俏皮话讥笑讥笑你自己呢？你就这么缺牙少眼、垂头丧气的样子？去，快去咱们小姐的闺房，对小姐说：尽管您脸上的脂粉堆了一寸厚，将来还是这副样子。你就对小姐这么说，看她笑不笑得出来。霍拉修，有件事还请实告。
霍拉修	什么事，殿下？
哈姆莱特	你觉得亚历山大大帝在地下也是这副样子吗？
霍拉修	肯定也是这副样子。
哈姆莱特	也是这么臭吗？呸！（安放或掷骷髅于地）
霍拉修	肯定也这么臭，殿下。
哈姆莱特	我们也会变成多么卑贱的废物啊，霍拉修！要是我们再发挥想象推测一下，没准儿亚历山大贵体的残骸最终就是用来塞某个酒桶窟窿的泥巴？
霍拉修	这想象恐怕也发挥得太怪诞了。
哈姆莱特	不，一点不怪诞。这只是合情合理的推想，事有必至嘛。譬如说：亚历山大已死；亚历山大已葬；亚历山大腐烂成灰；灰土也就是泥土；我们把泥土搅和成泥团，那么亚历山大所变成的泥团为什么没有可能被人拿来堵塞酒桶上的窟窿呢？

巍巍凯撒，死化泥绒，

挡风塞洞，聊堵窟窿。

尘土生前，威慑千公，

今补破壁，徒阻冬风！

嘘，住口！回避！国王驾到。

国王、王后、雷欧提斯、一教士及伴驾的众大臣偕一棺材上

　　　　　　王后、朝臣也在——是为谁扶柩？

　　　　　　为何礼数明显不周？此情此景

　　　　　　明显表明：所葬之人虽有身份，

　　　　　　却似自假无情之手，草率轻生。

　　　　　　且慢，我们躲起来看看听听。（他们藏起）

雷欧提斯	别的仪式呢？
哈姆莱特	（旁白。对霍拉修）那是雷欧提斯，高贵青年；注意。
雷欧提斯	别的仪式呢？
教士	她的葬礼已超过她应得的名分；
	她死因不明；若非上头严令，
	破例违规，她只能在黄土长睡，
	无圣礼相随，直到末日喇叭吹；
	她不但听不到慈悲的祷告之声，
	破瓦碎石本应抛撒在她的荒坟；
	可现在她已得到处女花圈，
	有贞女花朵抛撒，丧礼钟鸣，
	送她进入墓坑。
雷欧提斯	就不能再有点别的仪式了吗？
教士	不，不能再有别的仪式；
	不能祝她安宁，唱安魂曲，
	不能对她像对善终者之灵，

那就会亵渎神圣的葬礼。

雷欧提斯　快把她安放入土；

愿她美好无瑕的身躯生出

昭示贞洁的紫罗兰[1]来！我要告诉

你这刻薄教士，我妹必成天使，

而你却会在地狱里呜呼。

哈姆莱特　（旁白。对霍拉修）什么！美丽的奥菲利娅吗？

葛特露德　永别了，美娇娘，请受花香；（散花）

曾望你做我儿媳陪我儿郎，

将鲜花插在你新床，谁料想，

姑娘，而今却撒在你坟头上！

雷欧提斯　啊！愿百难千灾

降临那颗该死的头颅，

是它的行为如此恶毒，

使你神志昏昏！——不，别埋土，

让我再次用双手把她搀扶。

（跳入墓中）

来吧，掩埋这生者与死者吧，

让这平地成山，高耸突兀，

凌越古佩利翁山麓，俯瞰

奥林波斯苍峰于霄汉云都。

哈姆莱特　（上前）是何人大悲如泻

如此凄切？伤惨的言辞，

使天宇游星愕然昏厥，

驻步不前，如闻魔咒奇绝？

1　昭示贞洁的紫罗兰：《皇家版》注：此花（紫罗兰）当时常与贞洁相联系。

	我，丹麦人哈姆莱特，来也！（掀掉斗篷？）
	（跳入墓中）
雷欧提斯	让你的灵魂见鬼去吧！（两人扭打在一起）
哈姆莱特	拙劣的祈祷。
	别掐我咽喉；
	我虽不是脾气火爆之流，
	可身上也有危险的因素，
	足使你惧怕三分。放手！
国王	让他们住手！
葛特露德	哈姆莱特！哈姆莱特！ [1]
雷拉修	好殿下，冷静，冷静。（众侍从分开两人，两人自墓中出）
哈姆莱特	嘿，我愿为此和他争个输赢，
	直到我的眼皮不能合不能睁。
葛特露德	啊，我的孩子！争个什么呀？
哈姆莱特	我爱奥菲利娅；四万个兄弟之爱心
	加起来，也不能抵过我对她的真情。
	而你，你会为她干什么？
国王	啊！他是个疯子，雷欧提斯。
葛特露德	看上帝分上，容忍他吧。
哈姆莱特	哼，我倒想瞧你能干什么名堂，
	哭？斗？绝食？撕破自己衣裳？
	吞下鳄鱼一条？喝下酸醋一缸？
	这我能做。你呢，只到这儿哭丧？
	跳进她的坟墓，叫我脸上无光？
	活活与她同葬，欺我没这胆量？

---

1 此处其他版本有："**众人**：殿下，公子——"——译者附注

还夸说什么霄汉云都，好，好，

就让亿万亩泥沙全堆我们身上，

直到这坟头快挨近火红的太阳[1]，

奥萨山[2] 也只像小树瘤！嘿，要吹，

难道我会比你外行？

国王　　　这都是纯粹的疯话。

他一旦发作，就是这个样。

片刻，他会坐下，温驯安详，

正像温和的母鸽孵育出

金黄色的雏鸽一双。

哈姆莱特　（对雷欧提斯）听我说，老兄，

你这样对待我有什么理由？

我对你挚爱总依旧。得，不提啦，

赫剌克勒斯大力神可随意试身手，

猫会喵喵，狗也有得意的时候[3]。　　　　　　　　下

国王　　　霍拉修贤卿，请你跟住他。——　　　　　　霍拉修下

（对雷欧提斯）记住昨晚的话，耐心必有加；

事到此关头，厉行不拖沓。——

好葛特露德，叫人看住你王儿。——

一块活墓碑[4] 行将在这坟头上搭。

按部就班尚需隐忍待发，

1　火红的太阳：原文 the burning zone 意为"太阳圈"、"烈火带"、"烈火天"，旧天文学中指天球上热带区域内的太阳轨道。此处意译。——译者附注

2　奥萨山（Ossa）：据古希腊神话，巨灵们曾把佩利翁山堆在这座山上，想要上达奥林波斯山峰。

3　狗也有得意的时候：原文为 (Every) dog will have his day（[谚语] 人皆有得意的时候）。亦可译作：狗也有缘汪汪地叫个够。——译者附注

4　活墓碑：暗示哈姆莱特将成为殉葬品。——译者附注

太平时刻不日还我王家。　　　　　　　　　　　　众人下

第二场　　/　　第十七景

埃尔西诺王宫城堡内一室

哈姆莱特与霍拉修上

哈姆莱特　　这是头件事。至于第二件，
　　　　　　当时一切详情你可记得全？

霍拉修　　记得全，殿下！

哈姆莱特　　老兄，当时我心中正思绪万千，
　　　　　　辗转不能眠；躺在舱中的感觉
　　　　　　比叛乱者紧锁于镣铐还要难堪。
　　　　　　但猛然——谢谢这个猛然啊——可知，
　　　　　　有时候胆大妄为反胜过老谋深算。
　　　　　　此中寓义理应记取于胸怀：
　　　　　　任我们算尽机关，那兴衰成败，
　　　　　　终必由冥冥中的老天安排——

霍拉修　　此乃至理之言。

哈姆莱特　　猛然，我立起于船舱，
　　　　　　把一件海员外衣胡乱披上，
　　　　　　趁黑夜，我摸索着找到两个公人，
　　　　　　拿走其公文包——还真如愿以偿，
　　　　　　回到我的房间，疑惧的心怀

使我忘了规矩，竟胆敢打开
堂皇的国书。啊，奸王，真狠毒！
霍拉修，里面有给英王的吩咐，
当然，有一堆天花乱坠的道理，
说因丹麦和英国双方利益之故，
我若延命人间，必生大患无穷，
故英王阅毕国书，当分秒不误，
不，甚至无须磨利钝刀钝斧，
而应立刻割下我的头颅。

霍拉修　　　竟有这等事？

哈姆莱特　　看，此即国书，不妨闲时读读。（递过国书）
你可想知道我用何计加以应付？

霍拉修　　　求求您，快说。

哈姆莱特　　身陷于诡计多端的罗网，
不等我思考的锣鼓开张，
我的行动却已粉墨登场——
我坐下拟就另一封国书，
字体端庄漂亮。曾几何时，
我亦与政坛名流见识同样：
字体端正即品味不良，人有此技，
须刻意忘个精光，不料而今
却帮我大忙。想知道我写了什么吗？

霍拉修　　　好殿下，我想。

哈姆莱特　　我以国王名义向英王提出恳求，
因为英国是丹麦忠心的藩属之邦，
两国亲善须像棕榈树繁荣兴旺，

　　　　　　和平女神须戴麦穗冠[1]一如往常，
　　　　　　像逗号使两国情感的句子流畅，
　　　　　　诸如此类重要的"所以""应当"，
　　　　　　务请英王在晓悉函情之后，
　　　　　　绝不容有任何耽搁延宕，
　　　　　　将传书来使立即推出斩首，
　　　　　　不容其有任何忏悔的时光。

霍拉修　　　没有御玺，何以盖印？

哈姆莱特　　嘿，就在这件事上，
　　　　　　亦可看出有天意暗中含藏，
　　　　　　那时节我衣袋内恰有父王印章，
　　　　　　它与丹麦国玺完全一个式样。
　　　　　　我在伪造国书上盖印、签名，
　　　　　　将信件照原格式折好，小心
　　　　　　归还原处，无半点掉包之痕。
　　　　　　次日遇海盗，这点你已知情。

霍拉修　　　吉尔登斯吞和罗森格兰兹就此送命。

哈姆莱特　　嘻，老兄，这差使是他们自愿钻营，
　　　　　　我这样做，自问无愧于自己的良心，
　　　　　　伤财送命，根源在他们的阿谀奉承。
　　　　　　当强敌相争，往来穿梭着刀光剑影，
　　　　　　微贱之徒不自量力置身其内，
　　　　　　怎免得险象环生！

霍拉修　　　唉，竟有这样的国王！

哈姆莱特　　你替我想想，我现在是否应当——

1　麦穗冠：象征和平。

你看，他奸我母后，杀我父王，
突然闯入，腰斩我继位的希望，
为钓取我性命，竟抛钩撒网，
奸恶如此——我现在是否应当
凭天良，手起刀落报了这个仇？
倘任由这人性的毒疮继续生长，
我岂非犯了天谴罪状？

霍拉修　他必能很快从英国方面获悉，
这一场把戏究竟是如何收场。

哈姆莱特　虽很快，我毕竟拥有这段间隙；
人命长，长不过说声"壹"。
我真后悔，好霍拉修，真不该
在雷欧提斯面前如此失态；
从我自己的痛苦状我能看透，
他的怨愤表情。请他谅解吧。
他若非那样过分卖弄其悲愁，
我也绝不会怒冲牛斗。

霍拉修　嘘！谁来了？

年轻的奥斯里克上，脱帽

奥斯里克　恭迎殿下回归丹麦！

哈姆莱特　不敢当，不敢当。——你认识这只水苍蝇吗？

霍拉修　不，殿下。

哈姆莱特　不认识就是福，认识他才作孽呢。此人广有良田沃土；禽兽一旦成了兽中王，它那食槽也会搬到人君的餐桌上。这鹦哥叫起来"呱呱呱"，没完没了。可这家伙——我刚才说了——可谓家有粪土千顷。

奥斯里克　殿下，二位若是容小臣插嘴，小臣有圣谕相告。

哈姆莱特	我自当洗耳恭听。阁下帽子理应用于正途，还是套在头顶上吧。
奥斯里克	多谢殿下，太热啦，太热啦。
哈姆莱特	不，听我说，天太冷啦，刮北风哩。
奥斯里克	是有点儿冷，殿下，还真是的。
哈姆莱特	可是对我这样的体质来说，我觉得还是太闷热啦。
奥斯里克	闷热，闷热，殿下；简直是——比方说——说不出来的闷热。可是，殿下，陛下让我来通报一声，他在您身上下了一个大赌注。殿下，情况是这样的——
哈姆莱特	拜托啦，您的帽子——（打手势示意其戴帽）
奥斯里克	不，真的，我这样挺舒服的，真的。殿下，雷欧提斯武艺精绝，相信您有所耳闻。
哈姆莱特	他擅长哪一件武器？
奥斯里克	长剑和匕首。
哈姆莱特	那是他的两件武器。也罢，怎样呢？
奥斯里克	殿下，王上的赌注是六匹柏柏里骏马；雷欧提斯的赌注，据我所知，是六套法国长剑和匕首，外附腰带、挂钩之类，内有三副挂拖台看起来真令人赏心悦目，与剑柄可谓珠联璧合，那真是精巧无伦的挂拖台，巧夺天工的挂拖台。
哈姆莱特	阁下所谓挂拖台是何物件？[1]
奥斯里克	殿下，挂拖台者，挂钩是也。
哈姆莱特	假如我们能身边拖着大炮，这个术语倒蛮合适的；但既然现在我们还拖挂不了什么大炮，我看还是叫它挂钩吧。好，接着说。六匹柏柏里骏马，对六套法国长剑，全部附件，外加三副精巧别致的挂钩。法国赌注

---

1 莎士比亚嘲弄奥斯里克故弄玄虚，生造术语。——译者附注

对丹麦赌注。可是，就照你的说法，为什么要这样"押注"呢？

奥斯里克 殿下，王上打赌说，若您和雷欧提斯过招，十二回合之中，他绝不可能使您被击中三次以上；因此王上赌十二比九胜[1]。殿下如果承诺迎战，即可马上一试身手。

哈姆莱特 如果我答"恕不奉陪"呢？

奥斯里克 大人，我是说，您亲临武场一试身手。

哈姆莱特 先生，我还要在这厅堂里溜达溜达，现在正是我一天之中活动活动身子骨的时间，恳请陛下鉴谅。叫他们把比赛专用剑取来。要是那位绅士真乐意，王上也还坚持这个念头的话，我会尽力为王上博取胜利；万一不幸失手，那我也不过丢了面子，多让钝头剑刺中三两下而已。

奥斯里克 小臣可否如此原话回禀陛下？

哈姆莱特 您就这样回话，先生，随便您如何手舞足蹈地说都行。

奥斯里克 敢竭鄙诚效劳殿下。

哈姆莱特 岂敢，岂敢。—— 奥斯里克下
他自荐自我效劳得倒不错，别无口舌可替他干这种事了。

雷拉修 这只田凫终于顶着蛋壳儿跑了。[2]

哈姆莱特 他在吸奶之前，总会对他母亲的奶头说些恭维话。他这种

---

1 十二比九胜：此义不明。各家注本解释各异。我的理解是：王上赌的是，假如十二回合中，雷欧提斯虽击中哈姆莱特十二次，而哈姆莱特也击中对方九次，则算哈姆莱特胜出。如果哈姆莱特只击中八次，则雷欧提斯就相比之下多击中四次（也就是三次以上），则雷欧提斯胜出。——译者附注

2 这只田凫终于顶着蛋壳儿跑了：著名莎学家史蒂文斯（George Stevens）和马隆（Edmond Malone）曾考证说，田凫一出生，就会头顶着蛋壳走。此处的蛋壳指奥斯里克的帽子。此外，田凫也可象征不诚实，因为它习惯在离它的窝较远的地方鸣叫，以便使人不容易发现它的窝。此处暗喻奥斯里克的不诚实。——译者附注

人——以及据我所知诸如此类的哗众取宠的家伙——就只是靠着一点繁文缛节或斯文套语撑撑门面。他们这套浮薄时髦的言行举止不仅能迷住愚者也能糊弄住智者。可你要是动真格的往他们这种泡泡上一吹，他们就都爆裂了。

霍拉修　殿下，您这回的赌注要输。

哈姆莱特　未必。他到法国之后，我从没有间断过击剑练习；他既然让我几招，我想我必有胜算。可是你不会想到我这心里边一切都很不是滋味。不过，没关系。

霍拉修　好殿下，我看是不是——

哈姆莱特　这不过是发傻罢了。这是那种可能只会干扰女人的困惑或预感。

霍拉修　如果您心中不乐意做某事，就最好别做。我可以去拦阻他们，不让他们到这儿来，就说您现在不适比赛。

哈姆莱特　没事儿，没事儿。去它的预兆。一只麻雀的死都是命中注定的。注定是现在，就不会是未来；注定不是未来，就一定是现在；虽然现在未发生，以后终究会发生。顺其自然吧。既然一个人离开尘世的时候，什么也带不走，那么早一点离世，有什么关系？

国王、王后、雷欧提斯及众大臣上，奥斯里克与其他侍从携钝剑、防护手套及一摆放若干酒壶的案桌随上

国王　来，哈姆莱特，来，握住他这只手吧。

　　　　（执雷欧提斯、哈姆莱特两人手，使相握）

哈姆莱特　多有得罪，老兄，谨请谅鉴，
　　　　阁下乃堂堂须眉，必能海涵。
　　　　在场列位朝臣均知，
　　　　您必也耳有所闻，我曾因疯癫
　　　　备受摧残。我之所为粗暴野蛮，

或损您孝心、名誉，招您反感，
今特宣布：我的疯病是其根源。
难道哈姆莱特会得罪雷欧提斯？
不，绝不。若哈姆莱特丧失心智，
身不由己，冒犯雷欧提斯，
那哈姆莱特否认：此非我所为。
谁之恶迹？是他的癫痴。
事态如此，哈姆莱特也是受害者，
可怜啊，他的疯狂竟成其大敌。
兄弟，今当着列位朝臣，
我郑重声明我的伤害绝非故意，
望您海量宽容，宥我无心之失，
我确实曾弯弓射箭，箭过房顶，
却不料误伤了兄弟。

雷欧提斯　从情感上讲，这事就算勾销，
虽然它曾是主因，激我暴跳，
誓雪大仇。但面对比武荣誉，
我却难为情动，不愿言和示好，
除非有年高德劭者，言之凿凿，
援引前例，确证我名誉可保，
纵然宿怨全消。但在此之前，
您奉献的友情我当真情领教，
绝不对它两面三刀。

哈姆莱特　我对这情谊也竭诚拥抱，
今日愿坦诚与兄弟赌赛过招。——
取钝剑来。快。

雷欧提斯　来，给我一把。

哈姆莱特	雷欧提斯，我剑艺疏陋，权作你的陪衬，
	相形之下，您武艺高绝，如暗夜明星，
	闪烁于空冥。
雷欧提斯	殿下是在嘲弄我。
哈姆莱特	不，我发誓，这不是嘲弄。
国王	奥斯里克，给他们钝剑。哈姆莱特贤侄，
	你知道我们的赌注吗？
哈姆莱特	很清楚，陛下；
	可惜您把赌注下在我这弱者身上了。
国王	这我倒不担心。二位剑技我都知晓；
	因为他略胜一筹，故请他承让几招。
雷欧提斯	这把太重了；我看看另外一把。（打量钝剑）
哈姆莱特	我喜欢这一把。这些钝剑长短一样吗？
准备比剑	
奥斯里克	是的，殿下。
国王	快在那张桌上为我斟酒数盅。
	哈姆莱特若能首次或二次击中，
	或于第三回合能使对方失手，
	就让所有碉堡示庆炮声隆隆，
	本王要祝哈姆莱特身手更健，
	举杯豪饮，且投明珠于杯中，
	丹麦四代世袭王冠上的宝物
	也没有它珍重。来，斟酒！
	让鼓声传令，令号角齐鸣，
	鸣声达炮手，炮声达天庭，
	天庭告大地："国王今为
	王子祝饮！"来，开始吧；

你们，裁判，仔细看分明。

哈姆莱特　先生，请。

雷欧提斯　殿下，请。（两人比剑）

哈姆莱特　一击中。

雷欧提斯　不，没中。

哈姆莱特　裁判。

奥斯里克　中了，明显击中。

雷欧提斯　好；再来。

国王　　　慢；拿酒来。——哈姆莱特，你的珍珠；

（饮酒，投珍珠于杯中？）

祝你健康！——把酒杯传给他。

号角齐鸣。炮声响

哈姆莱特　先比完此局；酒放一旁。——来。（两人比剑）

又中一剑；你怎么讲？

雷欧提斯　擦着了，擦着了，我认。

国王　　　咱们的王儿必胜。

葛特露德　他身体胖了点[1]，容易气喘出汗。——

（对哈姆莱特）快用这手巾，把额上的汗擦干。

哈姆莱特，母后饮酒祝你好运。

哈姆莱特　好妈妈！

国王　　　别喝，葛特露德！

葛特露德　夫君，我要喝；请您原谅我。（饮酒）

1　他身体胖了点（He's fat）：各家注释不同。《皇家版》注：fat 可表示油腻或多汗，但其主要意思还是胖、体重过大。台湾彭镜禧先生译作："他很壮（，连气都不喘。）"是取戴维·丹尼尔（David Daniell）的《＜哈姆莱特＞的语言》（*The Language of* Hamlet，1995）中的说法。可参考，以备一说。此处从《皇家版》。——译者附注

国王	（旁白）这是有毒的那杯；太迟了！
哈姆莱特	母亲，我现在还不敢喝；等等吧。
葛特露德	来，我给你擦擦脸。
雷欧提斯	（对国王）陛下，现在我要刺中他了。
国王	我看你未必能刺中。
雷欧提斯	（旁白）可我良心上总感觉不对劲。
哈姆莱特	来，第三回合，别敷衍嬉闹，
	雷欧提斯，使出你的杀手招；
	我看你是拿我当娃娃开玩笑。
雷欧提斯	这是你说的？好，来。（比剑）
奥斯里克	没中，双方均未中。
雷欧提斯	吃我一剑！（近身相斗中剑均为对方所夺）
国王	分开他们！他们动怒了。
哈姆莱特	来，来吧，再来。（葛特露德倒地？）
奥斯里克	瞧王后那边，呀！
霍拉修	（对哈姆莱特）双方都在流血。——怎么回事，殿下？
奥斯里克	您怎么啦，雷欧提斯？
雷欧提斯	唉，奥斯里克，我像自投罗网的山鹬笨鸟，
	本设计害人，却反害了自己，报应昭昭。
哈姆莱特	王后怎么啦？
国王	她看见他们流血，就晕倒了。
葛特露德	不，不，是酒，是酒——啊，我的好儿子！——
	那杯酒，那杯酒；我中毒了。（死）
哈姆莱特	啊，卑鄙的阴谋！喂！把门锁上！
	奸恶的阴谋！查查奸贼在哪里。
雷欧提斯	就在这里。哈姆莱特，你命已休，
	世上没有一种药物可以将你挽救，

你最多只能延缓残生半个钟头。
杀人的工具现在就握在你手，
剑刃利，毒横流。奸计太丑，
反把我断送；瞧！我已倒在尘埃，
再不会站立行走。你母亲也已中毒。
我说不下去了，国王——是罪魁祸首。

哈姆莱特 连剑尖上都淋了毒药！
好，毒药，发挥威力吧！（刺伤国王）

众人 大家反了！反了吧！

国王 啊！快护驾啊，朋友们；我只是轻伤。

哈姆莱特 哼，你这乱伦、嗜杀、万恶的丹麦奸王！
喝干这杯毒酒。你那珍珠不还在杯中吗？
陪伴母亲去吧！（国王咽气）

雷欧提斯 他死得罪有余辜；
正是他亲手调配了杯中毒。
尊贵的王子啊，让我们互相宽恕；
你宽恕我杀死了你，我也宽恕你
杀死我和我的亲父。（死）

哈姆莱特 愿上天恕你无罪！我也随你而行。——
我去了，霍拉修。——别了，可怜的母亲！——
还有，直面这惨剧而战栗变色的人们，
你们是旁观者，是无言的见证，
如有时间——可惜无常拘我太急，
不容我分说——我本可以告诉你们，
啊，算了吧。——霍拉修，我去了，
你还在；请把我和我行事的原因
讲述给不明真相的世人。

霍拉修	怎么会这样啊！¹ 罢，虽是丹麦身，愿傚罗马魂²； 这杯中尚有残液未尽。
哈姆莱特	你既是个大男人， 就该给我杯子；放手！上天为证， 给我。啊，好霍拉修，假如真相 不大白天下，我将落得千秋骂名！ 假如你还对我真心，我求你隐忍 留驻冷酷的人间而暂舍天堂之福， 把我的故事讲述分明。

远处行军声。幕内炮声响

何以传来战声？

奥斯里克上

奥斯里克	年少的福丁布拉斯征讨波兰 凯旋回师，这是他对英国特使 鸣炮致礼。
哈姆莱特	啊！我去了，霍拉修； 猛毒攻心，即将控制我的精神， 来自英国的消息我虽不能亲闻， 但是我可以预言：福丁布拉斯

---

1 怎么会这样啊！（Never believe it）：各家译文出入很大：（1）朱生豪本："不"；（2）梁实秋本："永远别这样想"；（3）曹未风本："你不要自欺了"；（4）孙大雨本："切莫这样想"；（5）卞之琳本："别想了"；（6）方平本："谁想得到啊"；（7）彭镜禧本："没有这种事"。笔者的理解是，霍拉修这句话不完全是对哈姆莱特请求的回答，毋宁说此时的霍拉修还震惊于突然发生在眼前的一幕幕惨剧，他简直不相信他的眼睛，他耳边虽然听见了哈姆莱特的话，但还沉浸在他自己的思绪中。因此这句话可能是 I never believe it（我绝不相信眼前发生的景象！或：简直令人难以置信！），故意译作"怎么会这样啊！"——译者附注

2 愿傚罗马魂：古罗马人认为，与其忍辱偷生，不如高贵地引颈自杀。

将被推为丹麦王。我这临终者祝他荣升，

你且转告、细述这儿发生过的大小事情。

剩下的一切，万籁无声。啊，啊，啊！（死）

霍拉修 啊，碎裂了，这颗高贵的心灵！

晚安，亲爱的王子，愿众天使

用轻歌伴您安息！为何鼓声临近？

旗鼓前导，福丁布拉斯、英国使臣及众侍从上

福丁布拉斯 这是什么地方的景象？

霍拉修 你们要看什么景象？

若要看伤心惨目之象，不必他往。

福丁布拉斯 好一场屠戮与遍地尸身！啊，死神！

傲慢的你，在那永恒的阴曹地府

想要摆设何等盛筵，竟然血淋淋

一下斩杀掉如许王后公卿？

使臣 这景象真是惨烈无比。

我们从英国奉命来此办事，

不幸来迟，那本应垂听的双耳

已漠然无知。我等欲奏告王上，英国

已遵命将罗森格兰兹、吉尔登斯吞处死；

可现在，我们能为此向谁获得谢意？

霍拉修 即使他尚能开口说话，

你们也不会获得他的示谢之词。

他从不曾命你们把那二人处死。

可你们一从波兰，一从英国，

来到此邦，恰好目睹这惨状，

我请你们下令让人将这些尸体

置于众目睽睽下的平台之上，

让我来向蒙在鼓中的世人
讲述事情发生的全部真相。
行为的荒淫、血腥、反常，
意外的惩罚、偶然的屠戮，
精心设计的阴谋导致的死亡，
机关算尽者却为机关所伤；
这一切的一切，我都会一一
讲述周详。

福丁布拉斯 大家快来听讲述吧。
叫所有最尊贵的人都来听吧。
我本来也有权继承这丹麦王位，
眼下正是我索要这权利的机会。
我虽拥抱这幸运，但心里伤悲。

霍拉修 关于王位继承我也有话在胸，
死者的遗言可谓是举足轻重。
但急务是先说真相，陈列尸体，
否则值人心浮动，阴谋与错误
联手，招来更大的变乱之凶。

福丁布拉斯 让四位军官
将哈姆莱特扛到台上，宛若军人，
他若曾登基称王，必是贤主明君。
为追悼他的亡故，我们且用军乐
和战场礼仪，向他隆重地致敬，
释放震耳的哀鸣。
抬起尸身。这情形是战地常景，
却阴差阳错地出现在宫廷。
去，叫兵士，鸣响炮声。

众人列队下。随后响起一阵隆隆炮声

第二四开本较对开本多出的段落[1]

上接 19 页"其根本原因就在于此。"

巴纳多　　我想除了此因别无他因，

　　　　　　难怪这全身披挂之幽灵

　　　　　　会以先王面目经过岗亭，

　　　　　　战端再起，必皆缘此而生。

霍拉修　　可怜心灵之眼而今不幸蒙尘。

　　　　　　当年，巍巍罗马正处全盛，

　　　　　　孰料赫赫凯撒，一朝陨落，

　　　　　　死前数日无数坟陵吐放尸衾，

　　　　　　罗马大街小巷，有冤魂哀鸣，

　　　　　　流星带火长奔，晨露滴血，

　　　　　　日色晦冥，冷月遇蚀遁身，

　　　　　　这冰轮曾令海国波涌涛惊，

　　　　　　亦染重病，宛若世界末日来临。

　　　　　　而今种种可怖异象纷陈，

　　　　　　是早期警示将来之命运，

　　　　　　劫数难逃，但预振先声，

　　　　　　天地联手，示现灾象纷纷，

　　　　　　为的是警醒此邦、举国世人。——

——辜正坤译

---

[1]《哈姆莱特》历来译者很多。为了显示这些译者的风格，本人特意选用了这部分的多种译文。各译文后均注明原译者。为了统一，剧文中的人名译法悉以本系列版本译法为据，其余内容和形式则均保持原译状态。——译者附注

上接 23 页"陛下，我已应允；"
　　　架不住他百般纠缠不休，
　　　为臣迟迟不依，最后松口，
　　　勉勉强强答应了他的哀求。

　　　　　　　　　　　　　　——辜正坤译

上接 39 页"与其遵之，不如其亡。"
　　　这种酗酒狂欢纯属昏了头脑，
　　　引来东西邦国的诋毁与讥笑；
　　　他们称呼我们是酒鬼，是蠢猪，
　　　玷污我们的声名，就用这名号。
　　　我们纵然有伟绩丰功，不料
　　　因这恶习天大的伟绩也被抵消。
　　　此类遭遇，常落到某些人身上。
　　　他们因生而有某种不良的节操——
　　　这当然不应该怪罪他们本人，
　　　因为天生的缺陷他们不能不要——
　　　于是，或因某种气质发展过度，
　　　时常冲破理智的箴规与教条，
　　　或因某种过分出格的习惯，
　　　与所谓良好规范分道扬镳，
　　　因而这些人便有了缺陷标志，
　　　这天然胎记，或命运的徽标，
　　　于是，他们其余的德性——
　　　无论多么深广，多么崇高——
　　　将从此因这个缺陷招惹来
　　　责难滔滔；本是瑕疵一点，

竟常将他们全部的美德抵消，

终落得人见人嘲。

——辜正坤译

上接 40 页 "变成疯人。您可千万小心。"

这样的地方纵不故意害人，

然壁立千仞，波吼涛惊，

你一旦与之目接耳闻，

必头脑失控，狂乱轻生。

——辜正坤译

上接 96 页 "故有愁怀烈同俦。"

大爱最恐猜疑障，

障愈深时爱愈强。

——辜正坤译

上接 98 页 "今生后世不安祥![1]"

希望寄托成绝望，

余生长伴冷宫墙。

——辜正坤译

上接 113 页 "是什么魔鬼" 之前：

知觉你当然是有的，否则你就不会有行动；可是你那知觉
也一定已经麻木了；因为就是疯人也不会犯那样的错误，无
论怎样丧心病狂，总不会连这样悬殊的差异都分辨不出来。

——朱生豪译

上接 113 页"蒙住了你的双眼，使你受到欺骗？"

有眼睛而没有触觉、有触觉而没有视觉、有耳朵而没有眼或手、只有嗅觉而别的什么都没有，甚至只剩下一种官觉还出了毛病，也不会糊涂到你这步田地。

——朱生豪译

上接 116 页"如已失节，也不妨装成节妇模样。"

习惯虽然是一个可以使人失去羞耻的魔鬼，但是它也可以做一个天使，对于勉力为善的人，它会用潜移默化的手段，使他徙恶从善。

——朱生豪译

上接 116 页"晚安。晚安。"之前：

下一次就会觉得这一种自制的功夫并不怎样为难，慢慢地就可以习以为常了；因为习惯简直有一种改变气质的神奇的力量，它可以制服魔鬼，并且把他从人们心里驱逐出去。

——朱生豪译

上接 117 页"开端一旦出错，后惹更大是非。"

再有一句话，母亲。

——朱生豪译

上接 118 页"我忘了；这事早已决定。"

哈姆莱特　公文已经封好，打算交给我那两个同学带去，对这两个家伙我要像对待两条咬人的毒蛇一样随时提防；他们将要做我的先驱，引导我钻

进什么圈套里去。我倒要瞧瞧他们的能耐。开炮的要是给炮

轰了，也是一件好玩的事；他们会埋地雷，我要比他们埋得
更深，把他们轰到月亮里去。啊！用诡计对付诡计，不是顶
有趣的吗？

——朱生豪译

上接 126 页"减速行进。"

除队长外众人下

哈姆莱特、罗森克兰兹及其他人上

哈姆莱特　请问长官，这是谁的军队？

队长　是挪威的军队，先生。

哈姆莱特　敢问长官，目的何在？

队长　去攻打波兰某处。

哈姆莱特　是谁领军的，长官？

队长　老挪威王的侄儿，福丁布拉斯。

哈姆莱特　是要攻打波兰本土呢，长官，
　　　　　　还是什么边境？

队长　说真的，一点也不加油添醋，
　　　　我们是要去夺取一小块土地，
　　　　除了名义之外，毫无利益可言。
　　　　叫我出五块金币租金——五块——我都不要耕种。
　　　　就算是卖断了，挪威或波兰
　　　　也得不到更好的价钱。

哈姆莱特　哦，那波兰是绝对不会去防守了。

队长　不然，他们已经做好防备了。

哈姆莱特　两千条人命加上两万块金币
　　　　　　也无法解决这个小小争端！
　　　　　　这是养尊处优引起的脓疮

在里面破溃，表面上看不出来
为什么死的。多谢您了，长官。

队长 　再会，先生。　　　　　　　　　　　　　　下

罗森克兰兹 可否请您上路，大人？

哈姆莱特 　我立刻就跟上来。你们先走。　　　除哈姆莱特外众人下
　　　　啊，所有的一切都在控诉我，
　　　　激励我迟迟没有进行的复仇。
　　　　人生在世，如果主要的好处
　　　　只是吃饭睡觉，算什么呢？禽兽罢了。
　　　　上帝赋予我们思维的大能，
　　　　可以前思后想；不会给我们
　　　　这种能力以及如神一般的理性，
　　　　却让它在我们身上发霉无用。
　　　　无论是出于禽兽般的无知，还是什么
　　　　怯懦的思考，对后果顾虑得太多——
　　　　这种顾虑，分析起来，只有一分智慧
　　　　却有三分胆小——不知道为什么
　　　　到如今我还在说这件事该做，
　　　　因为我有理由、有决心、有力量、有办法
　　　　可以做到。有巨大如地球般的榜样鼓励着我，
　　　　就像这个部队，不惜大批人力与钱财，
　　　　领军的是一位温柔年轻的王子，
　　　　他的精神，受到神圣野心的鼓舞，
　　　　对未可预见的后果不屑一顾，
　　　　把凡夫俗子和难以预料的事
　　　　交托给命运、死亡以及危险，
　　　　只为了弹丸之地。真正了不起的，

不是非要有重大理由才激动，
而是能为鸡毛蒜皮大打出手——
只要事关荣誉。而我的情形呢，
父亲被人杀害，母亲遭到玷污，
理智和血性都已经受了刺激，
却让一切沉睡，惭愧地看着
死亡就要临到两万名壮士，
这些人，为了小小的虚名，
视死如归，为区区之地而战。
这块地既不足以容纳这些军人，
就连当作阵亡将士的葬身之地
也嫌太小。啊，从此刻开始，
我若不心狠手辣就一文不值。

下

——彭镜禧译

上接 140 页"克劳迪奥接到信后又再转交我收。"

他是从带信的那人的手里拿过来的。

——梁实秋译

上接 141 页"两个月前"之前：

雷欧提斯　　陛下，我愿听调遣；假如能令我做你的计策的实行者，我
　　　　　　更愿意了。

国王　　　　正和孤意。自从你常常出外，大家就谈起你来，并且还是
　　　　　　当着哈姆莱特的面，说你有一件惊人的本事，你所有的才
　　　　　　能都不及这一件本事之能招他嫉妒，其实据我看来，倒也
　　　　　　不值得什么。

雷欧提斯　　是什么本事呢，陛下？

国王　　　这本事，说起来也不过是青年帽上的一条缎带，然而也很必需，因为青年之适宜于穿华丽轻便的衣服，正不下于老年人之适宜于穿表现富裕庄严的貂裘袍褂。

——梁实秋译

上接 141 页"那场面一定大有可观。"

他又赌咒说，法国的剑客若来和你交手，必定既无进取之功，又无招架之力，并且连眼睛都看不清。

——梁实秋译

上接 142 页"时间使爱火难以总是烧得熊熊。"

爱情的火焰之中就藏着一条灯心或是蜡花，能使得火焰黯淡；天下没有长久好的事；好事变得太好的时候，自然要由盈而亏；我们想要做一件事，在想要做的时候便应该做；因为这"想要"会变的，会有各式各样的消减延迟。如世人的舌头，世人的手，事态的变幻，一样的难以捉摸；那时节这个"应该"也只像败家子的一声叹气，怨艾自伤罢了。但是，闲话休提。

——梁实秋译

上接 162 页"殿下，雷欧提斯武艺"之前：

奥斯里克　殿下，雷欧提斯新近回朝；相信我，他真是一位十全十美的绅士，有种种出类拔萃的特长，态度温文尔雅，举止落落大方。真的，说句公道话，他是上流社会的指南针和历本，因为大家从他身上认得出、查得到一个有教养人的每一种品质。

哈姆莱特　先生，你对他恭维备至，对于他确乎是毫发无损；虽然，我知道，要把他的好处一件件列出来，一定会把我们的记忆都搅糊涂了，叫它失去了计算能力，交不出一篇清楚的账目来。

即使交得出，那究竟还是一条摇摇晃晃的舢板，怎么也赶不上他这艘一帆风顺的快船。可是，凭真情实理来恭维一番，我认为他才德集了大成，品性高贵到稀有少见。说句最确切不过的赞美话，他只有在自己面前的镜子里才见得到和他相仿的第二人，别的人要想追上他，就至多是他背后的黑影子罢了。

奥斯里克　殿下把他真是描摹得入情入理。

哈姆莱特　这都是什么意思呢，先生？我们为什么要用我们粗俗的呼吸裹起了这位高雅的绅士呢？

奥斯里克　殿下的意思是？——

霍拉修　你自己这一路怪话到了别人嘴里就叫你听不懂了吗？试试看吧，先生，你也会懂的。

哈姆莱特　你提出这位先生来，有什么用意？

奥斯里克　是说雷欧提斯吗？

霍拉修　他的钱袋空了；他那些好听的字句都已经用光了。

哈姆莱特　就是说他，先生。

奥斯里克　我知道殿下不是不知道——

哈姆莱特　我但愿你知道，先生；可是，老实说，你知道了，我也增不了多少光彩。好，怎样呢？

奥斯里克　殿下不是不知道雷欧提斯有什么特长——

哈姆莱特　那我可不敢说知道，因为怕一说我知道他有什么特长，就表示我自命有什么特长，敢于跟他一比了；实际上，要明白知道别人，就得要先知道自己。

奥斯里克　我的意思，殿下，是说他有一手好武艺；据大家的称道看来，他这一手本领实在叫谁也比不上。

——卞之琳译

上接 162 页"阁下所谓挂拖台是何物件?[1]"

雷拉修　　我知道殿下得读读注解才懂得了。

　　　　　　　　　　　　　　　　　　　　　　　　——卞之琳译

上接 164 页"动真格的往他们这种泡泡上一吹,他们就都爆裂了。"

一侍臣上

侍臣　　　殿下,陛下刚才打发奥斯里克来找殿下,他回禀说殿下就在这儿大厅里候驾。现在陛下又差我来问一问明白,殿下现在愿意就跟雷欧提斯比一下呢,还是要晚一点再说。

哈姆莱特　我的意思始终如一,一切就看王上的高兴。只要王上认为方便,我总没有什么不方便;现在也好,无论什么时候都好,只要我像此刻一样还有点气力。

侍臣　　　王上、王后娘娘和另外一些人都要来了。

哈姆莱特　来得正好。

侍臣　　　王后娘娘希望殿下在比赛以前,先对雷欧提斯说几句好话。

哈姆莱特　多谢她这一番周到的嘱咐。　　　　　　　　　　侍臣下

　　　　　　　　　　　　　　　　　　　　　　　　——卞之琳译